쌍룡기

장담 신무협 장편소설
ORIENTAL FANTASY STORY & ADVENTURE
❻

쌍룡기 6
신교출세(神敎出世)

초판 1쇄 인쇄 / 2010년 6월 28일
초판 1쇄 발행 / 2010년 7월 7일

지은이 / 장담

발행인 / 오영배
편집장 / 김경인
편집 / 윤대호, 신경선
펴낸 곳 / (주)삼양출판사 · 드림북스

주소 / 서울특별시 강북구 미아8동 322-10호
대표 전화 / 02-980-2112 팩스 / 02-983-0660
편집부 전화 / 02-980-2116 팩스 / 02-983-8201
블로그 / blog.naver.com/dreambookss

등록번호 / 제9-00046호
등록일자 / 1999년 3월 11일

ⓒ 장담, 2010

값 8,000원

(주)삼양출판사 · 드림북스의 서면 허락 없이는 어떠한
형태나 수단으로도 이 책의 내용을 이용하지 못합니다.

ISBN 978-89-542-3818-2 04810
ISBN 978-89-542-3679-9 (세트)

* 지은이와 협의하에 인지는 생략합니다.
* 잘못된 책은 구입한 곳에서 바꾸어 드립니다.

제 1 장 　 추적(追跡) 　 007
제 2 장 　 벽검산장(碧劍山莊) 　 045
제 3 장 　 폭풍(暴風)의 계절(季節) 　 087
제 4 장 　 운양장(雲梁莊)에 둥지를 틀고 　 121
제 5 장 　 명심해, 엄호! 　 145
제 6 장 　 마부(馬夫) 장막심 　 165
제 7 장 　 무서운 아우 　 197
제 8 장 　 거지냄새와 피냄새 　 225
제 9 장 　 선전포고(宣戰布告) 　 263
제 10 장 　 첫눈이 내리던 날 밤에 찾아온 불청객 　 291

1.

장막심과 적도광의 검이 빠르게 엇갈렸다.
어둠을 가르는 섬뜩한 섬광!
쩌저저정!
맑은 검명이 연속적으로 새벽공기를 찢어발기고, 부서진 검기가 사방으로 비산했다.
떵!
둔중한 소음. 터져나가는 대기와 함께 두 사람이 뒤로 죽 밀려났다.
장막심은 칠 검을 내지르고도 우세를 잡지 못하자 표정이 일그러졌다.

'제기랄, 요즘 세상에는 왜 이리 강한 놈들이 많아?'

그는 자신의 커다란 검을 움켜쥐고 적도광을 죽일 듯이 노려보았다.

빈틈을 보이면 그 순간 끝장이었다. 실력은 차치하고, 기세에서까지 밀릴 수는 없는 일. 그는 일단 말로 적도광의 심기를 건드렸다.

"애송이가 실력이 제법이군. 그 정도면 그럭저럭 행세 좀 하겠어."

그 사이 양류한은 건물을 향해 신형을 날렸다. 곧 사람들이 몰려나올 터. 조심해서 움직일 때가 아니었다.

그가 담격의 거처에 오 장 거리로 접근했을 때 수라단원들이 쏟아져 나왔다.

"단주, 무슨 일이쇼?"

"어떤 새끼가 잠을 깨우는 거냐!"

"잡아!"

"뭐야? 계집이잖아?"

양류한은 예상보다 빠른 반응에 전진을 포기하려 했다.

그러나 마지막 말을 듣고 생각을 바꾸었다. 물러설 때 물러서더라도 한 놈만큼은 그대로 놔둘 수가 없었다.

어딜 봐서 자신이 계집이란 말인가!

"흥! 내가 그 썩은 눈알을 도려내주마!"

달종은 자신을 향해 달려드는 양류한을 향해 마주 달려갔다.

"내 눈을 도려낸다고? 쉽지 않을 걸?"

나머지 수라단원들은 끼어들지 않고 소리만 질러댔다.

"달종! 얼굴은 계집 같지만 검은 엄청 사나운 놈이야! 조심해!"

"호호호, 진짜 예쁜 남자네. 달종, 죽이지는 마!"

"난 저렇게 미끈한 놈은 싫어."

양류한의 실력이 달종보다는 반수 정도 나았다. 그러나 주위에서 떠드는 놈들 때문에 신경이 쓰여 마음대로 검을 펼칠 수가 없었다.

상황은 장막심도 마찬가지였다. 오히려 그는 시간이 가면서 자신이 밀린다는 걸 느끼고 마음이 급해졌다.

'아 씨발, 성질을 괜히 건드렸나?'

더구나 다른 건물에서도 상대의 동료로 보이는 자들이 쏟아져 나오고 있었다.

"양가야! 안 되겠다! 그만하고 나와!"

양류한도 빠져나가고 싶었다. 하지만 상대의 실력이 만만치 않았다.

떠드는 것만 봐서는 딱 삼류 건달들인데……

'빌어먹을!'

분노를 이기지 못하고 제때 빠져나가지 못한 게 후회되었다. 그때 빠져나갔으면 이런 이상한 놈들에게 포위되지도 않았을 것을.

'좋아! 어디 막을 테면 막아봐라!'

이를 지그시 악문 그는 허공으로 몸을 띄우고는, 절체절명의 순간이 아니면 펼치지 않는 낙성유혼검(落星流魂劍)을 펼쳤다.

공력소모가 심해 함부로 펼치면 안 되는 검법이었다. 그러나 지금은 아차하면 죽을지 모르는 상황, 잡히면 어떤 치욕을 당할지 모를 판이었다.

쏴아아아!

수십 개의 검영이 허공에 넓게 펼쳐지는가 싶더니, 유성이 소나기처럼 쏟아지며 달종을 덮쳤다.

"헉!"

대경한 달종은 칼을 휘두르며 정신없이 물러섰다.

청구홍과 다모랑이 다급히 달종을 돕기 위해 뛰어들었다.

"보통 놈이 아니다! 협공하자고!"

양류한은 더 이상 그들과 싸울 생각이 없었다. 그는 달종을 물러서게 만들고는, 달종의 칼과 부딪친 반탄력을 이용해 포위망을 벗어났다.

"장 형님! 갑시다!"

장막심은 양류한이 포위망을 벗어나는 걸 보고, 적도광을 향해 전력을 다한 일 검을 펼쳤다.

적도광은 기다렸다는 듯 싸늘한 눈빛을 빛내며 장막심의 공세 속으로 뛰어들었다.

후퇴를 염두에 둔 공격. 실낱같은 빈틈이 보인 것이다.

'일 검으로 끝낸다!'

적도광의 검이 번개처럼 뻗어나간 순간!

건물의 이층에서 고함이 터져 나왔다.

"모두 멈춰요!"

사도무영의 목소리다.

양류한은 하마터면 내력이 꼬여서 내상을 입을 뻔했다.

장막심도 검을 뻗다 말고 휘청거렸다.

회심의 일격을 가하려던 적도광은 억지로 검을 멈추느라 표정이 괴이하게 일그러졌다. 그래도 다행히 한 자 앞에서 검을 멈출 수 있었다.

이층에서 몸을 날린 사도무영은 장막심 앞으로 내려섰다.

적도광은 검을 거두고 두어 걸음 뒤로 물러났다.

"형님, 양 형, 어떻게 된 겁니까?"

"그, 그게……, 적이 마을을 공격한 줄 알고……."

장막심이 머쓱한 표정으로 말을 더듬었다.

양류한도 어이없는 표정을 지으며 수라단과 사도무영을 번갈아보았다.

한쪽에 서서 어리둥절한 표정으로 바라보고 있던 수라단원들이 수군거렸다.

"령주님과 아는 사이인가 본데?"

"그런데 왜 싸움을 걸었지?"

"싸우는 걸 좋아하나 보지 뭐."

"얼굴 봐, 조금 멍청하게 생겼잖아. 하나는 속 좁은 계집처럼……, 이크."
"호호호, 령주님께 말해서 앞으로 저 사람하고 한조가 되게 해달라고 해야겠어."
"난 저 곰 같은 자가 더 마음에 드는데? 남자답게 생겼잖아."

막도가 교상의 뒷덜미를 움켜쥐고 확! 잡아 당겼다. 그리고 귓가에 입술을 바짝 대고, 귀를 씹어서 뜯을 것처럼 말했다.

"넌 무식하게 생긴 것과 남자답게 생긴 것도 구분을 못하냐?"

공연한 소란을 피웠다는 생각에 머쓱한 표정을 짓고 있던 장막심이 눈을 치켜뜨고 고개를 돌렸다.

멍청하게 생겼다는 말은 그럭저럭 참을 만했다. 하지만 남자답게 생긴 것을 무식하게 생겼다고 말하는 것은 참을 수가 없었다.

"나보다 훨씬 못생긴 놈이 주둥이만 살아가지고……!"
막도도 장막심의 기세에 밀리지 않고 입술을 비틀었다.
"검도 멍청하게 큰 걸 가지고 다니는군."
"조심해, 그 얼굴에 칼자국 하나 더 새기고 싶지 않으면."
"어디 할 수 있으면 해 보시지."
"하라면 내가 못할 줄 알아?"
'후우, 여전하시군.'

속으로 한숨을 내쉰 사도무영은 몸을 돌리며 상황을 거기서 끝냈다.
 "그만 들어가시죠. 다들 들어갑시다."
 장막심은 막도를 노려보며 사도무영을 따라 걸음을 옮겼다.
 "자식, 산도적하면 정말 어울리겠군."
 "남 말 하고 있네."
 막도도 지지 않았다.

 집안으로 들어간 사도무영은 장막심이 앉자마자 질문을 퍼부었다.
 "대체 어디 갔다 오신 겁니까? 어제 아침에 나가셨다면서요?"
 장막심이 어깨를 으쓱 추켜올리고는 사정을 설명했다.
 "이곳에 머문 동안, 시간이 날 때마다 일대를 돌아다니며 구천신교와 연관된 것이 없나 찾아보았네. 어제도 그랬지. 그런데 북쪽의 산줄기를 타고 가다가 수상한 자들이 몰려가는 걸 봤지 뭔가. 해서 그들의 뒤를 쫓아가 보았네."
 수상한 자들?
 사도무영의 눈빛이 반짝였다.
 "어떤 점이 수상해 보였습니까?"
 "모두 오십 명이 조금 넘는 것 같았는데, 어디서 한바탕 싸우고 왔는지 옷에 피가 묻어 있더군. 부상당한 사람도 있고 말이야."
"그들이 어느 쪽에서 왔는지 짐작 가는 바라도 있습니까?"
"서쪽에서 동쪽으로 이동하는 것 같았네. 방향을 틀지 않고 계속 동쪽으로 갔거든."
사도무영의 반짝이던 눈빛이 싸늘하게 가라앉았다.
도담과 적도광, 추강의 표정도 차갑게 굳어졌다. 토가족 마을의 북쪽에서 서쪽이라면 수라곡이 있는 방향인 것이다.
비록 백 명 정도라 했던 난유의 말과 배 차이가 났지만, 그냥 지나치기에는 너무 많은 점이 마음에 걸렸다.
"오십 명 정도라 하셨습니까?"
"뭐 자세히 세어보지는 않았지만 그 정도 될 것 같더군."
장막심이 고개를 갸웃거리며 말하자 양류한이 나섰다.
"정확히 오십이 명이었소."
사람들이 그를 바라보았다.
이동 중이었다고 했다. 그런데 어떻게 세어봤을까 싶었다.
'결벽증이라도 있나?'
'꼼꼼한 것이 성격도 여자 같은가 보군.'
'진짜 예쁘게 생겼다.'
하지만 누구도 그 말을 입 밖으로 뱉지는 않았다. 성질은 얼굴과 전혀 다른 듯했다.
"어디까지 따라갔습니까? 아침이 되어서 돌아온 걸 보니 멀리까지 쫓아간 것 같습니다만."

"한 오십 리 정도 쫓아갔는데, 그만 들키고 말았네. 그때부터 정신없이 도망쳤지. 놈들 중에 엄청난 고수들이 있어서 싸울 생각은 아예 하지도 않았네. 그런데 돌아오다가 그만 길을 잃어서 한참을 헤맸지 뭔가."

오십이 명이라 했다. 그들이 정말 수라곡을 친 자들이라면, 장막심과 양류한이 싸우지 않고 도망친 것은 잘한 일이었다.

사도무영은 내심 다행으로 생각하며 가장 중요한 질문을 던졌다.

"그들이 어느 세력의 사람들인지 알아볼 만한 것이 없었습니까?"

"그걸 모르겠네. 복장도 평범하고, 딱히 어느 문파의 사람이라는 표식도 없었거든."

양류한도 마찬가지인지 아무런 말도 하지 않고 고개만 저었다.

특징이 없는 평범한 복장.

난유의 말과 장막심의 말이 일치한다.

숫자는 반밖에 안 되지만, 십중팔구 수라곡을 피로 물들인 자들처럼 생각되었다.

사도무영은 앞에 앉은 사람들을 둘러보았다. 모두 안광을 번뜩이며 명이 떨어지기만 기다리는 눈치였다.

어떻게 해야 하나?

조화설과 만난 지 이제 겨우 하루가 지났다. 그녀의 몸이 좋지 않아서 깊은 이야기는 나눠 보지도 못했거늘…….

그러나 혼자만의 행복을 위해서, 자신을 믿고 따르기로 한 사람들의 열망을 저버릴 수는 없는 일이 아닌가.

한쪽에서 불쏘시개로 숯불을 뒤적거리고 있는 망혼진인을 바라보았다.

망혼진인은 그가 갈등하고 있다는 걸 알고는 지나가듯이 말했다.

"마음이 따르는 대로 해라."

얼굴이 붉어졌다. 부끄러웠다. 조화설과 잠시 떨어지는 것뿐인데, 그게 싫어서 결정을 망설이다니.

"사부님."

"응?"

"제자는 이 사람들과 흔적을 쫓아가서 놈들의 정체를 알아보겠습니다. 그동안 사부님께서 화설 누이를 보살펴 주십시오."

그럴 줄 예상했다는 듯 망혼진인은 고개를 끄덕였다.

"알았다. 걱정 말고 다녀오너라."

"구천신교 놈들이 곧 일대를 뒤질 것입니다. 인원 중 절반을 남겨 놓을 테니, 그들과 함께 남장 쪽으로 가십시오. 놈들의 정체를 알아내는 즉시 남장으로 갈 테니까요."

사도무영은 식사를 서둘러 마치라는 명을 내리고 조화설의 방으로 올라갔다.

만난 지 하루도 안 되어 헤어져야 한다는 게 아쉽긴 했지만, 그나마 오래 헤어질 것이 아니라는 것으로 위안을 삼았다.

"오래 걸리지는 않을 거예요."

"내 걱정 말고 다녀와. 어르신이 함께 남는다며."

"예, 그리고 이거……, 진즉 줬어야 하는데."

반지가 든 작은 주머니였다.

그걸 본 조화설의 볼이 붉어졌다.

그녀는 주머니를 열고 안에서 홍색과 청색 반지 두 개를 꺼냈다.

홍색 반지는 가느다랗고, 청색 반지는 제법 굵었다. 홍색 반지에는 학이 조각되어 있었고, 청색 반지에는 용이 조각되어 있었다.

홍색 반지의 이름은 홍학령(紅鶴鈴), 청색 반지의 이름은 청룡안(靑龍眼).

그녀는 홍학령을 자신의 손가락에 끼고 사도무영을 바라보았다.

"손 내밀어 봐. 이건 청룡안이라고 하는데 원래 남자 것이야."

사도무영은 아무것도 묻지 않고 손을 내밀었다.

조화설이 청룡안을 사도무영의 손가락에 끼어주었다. 신기할 정도로 잘 맞았다.

두 개의 반지. 하나는 여자 것, 하나는 남자 것. 그 의미를 깨닫는 것은 어려운 일이 아니었다.

사도무영은 두근거리는 심장박동을 억누르고 짐짓 담담한 척했다.

"은은한 기운이 느껴지는 걸 보니 보통 반지가 아닌가 봐요."

"아주 오래전부터 우리 가문에 전해져 내려오는 거라고 했어. 원래는 남자 쪽으로 전해져야 하는데, 아들이 없다 보니 내가 받은 거야. 청룡이 날면 천둥벼락이 치고 먹구름이 걷힌다는 전설이 있긴 한데, 아직까지 아무도 청룡이 나는 걸 보지 못했다고 해."

사도무영은 손을 뒤집으며 중지에 끼어진 청룡안을 자세히 살펴보았다.

"진짜 세밀하게 조각되어 있네요. 보면 볼수록 꼭 살아 있는 거 같아요."

그 모습이 마치 멋진 선물을 받은 아이처럼 보인다.

조화설의 입가에 빙그레 웃음이 걸렸다.

"그만 가 봐. 사람들이 기다리겠어."

"그럼 가 볼게요. 보호할 사람도 남겨 놓기로 했으니까, 너무 걱정 마시고 사부님과 함께 가세요."

조화설은 입가에 웃음을 띤 채 고개를 끄덕였다.

사도무영은 그런 조화설을 향해 손을 뻗었다. 그러고는 행여나 조금이라도 세게 안으면 부서질까 조심하며 그녀를 깊숙이 안았다.

2.

 토가족 마을을 출발한 사도무영 일행은 곧장 북쪽으로 올라갔다.
 마을을 떠난 지 두 시진, 일행은 장막심과 양류한이 상대를 마지막으로 봤다는 장소에 도착했다.
 전면에 강이 흐르고, 강을 따라 야산이 길게 이어진 곳이었다.
 장막심이 아쉬운 표정으로 말했다.
 "여기까지 쫓아왔는데 결국 들키고 말았네."
 "다모랑, 교상."
 적도광이 부르자, 다모랑과 교상이 앞으로 나왔다.
 "이 두 사람이 추적에 일가견이 있습니다, 령주."
 다모랑이야 눈매가 예리하고 상황파악이 빠른 사람이어서 그러려니 했다. 하지만 여자보다 남자를 좋아하고, 매사에 신중하지 못한 교상이 추적에 능하다는 것은 의외가 아닐 수 없었다.
 한데 막도가 교상에 대해서 보증을 섰다.
 "생긴 건 저래도 눈이 기막히게 좋은 놈입니다. 조금 과장해서 말하면 십 리 밖의 쥐새끼 지나가는 것도 보는 놈입지요."

"헤헤헤, 과장이 아니고 정말인데······."

굼벵이도 구르는 재주가 있다더니 교상에게 그런 재주가 있다는 건 뜻밖이었다.

"좋소. 그럼 두 사람이 앞장서시오."

적도광과 막도의 말대로 두 사람의 추적 능력은 탁월했다.

다모랑은 뭔가에 눌린 것처럼 보이는 마른 풀을 보고 씩 웃었다. 가볍게 찍힌 자국이어서 자세히 살피지 않으면 뭔지도 모를 흔적이었다.

하지만 그의 눈에는 단순한 흔적으로 보이지 않았다. 그는 그것만으로도 대충의 인원수와 정확한 방향, 지나간 시간까지 짚어냈다.

"작은 흔적까지는 신경을 쓰지 않고 이동한 것 같습니다. 자식들, 두려울 것 없다 이거지?"

반면 교상은 멀리 있는 곳의 흔적까지 찾아냈다. 가늘게 눈을 뜬 그가 백여 장 밖에 나 있는 흔적을 보고 말했다.

"발자국이 저쪽으로 이어져 있는데? 가 보자구."

나머지 사람들은 두 사람의 뒤만 따라가면 되었다.

흔적이 확실하게 남아있을 때도 있지만, 알아보기 힘들 정도로 미세한 곳도 있었다. 일일이 흔적을 찾아내며 전진하다 보니 속도는 그리 빠르지 않았다. 하지만 계속 쫓다 보면 언젠가는 종착지에 도달할 터. 사도무영은 서두르지 않았다.

수라곡을 치겠다고 수천 리 밖에서 오지는 않았을 것이다. 최대한 멀리 잡는다 해도 일천 리를 넘지는 않을 것이다. 추적만 제대로 된다면, 이틀 안에 어떤 결과가 나올 터였다.

흔적을 따라 백여 리를 가자 이동하던 자들이 속도를 늦추었다는 게 확실하게 감지되었다.

둘 중 하나였다. 지쳐서 쉬어가기 위함이든지, 아니면 목적지가 가까워졌든지.

사도무영 일행도 신중하게 움직였다. 목적지가 가까워졌다면 저들의 감시망이 펼쳐져 있을지 몰랐다.

그렇게 얼마를 가자 흔적이 점점 동남쪽으로 꺾어졌다. 간혹 북쪽으로 향할 때도 있고 남쪽으로 향할 때도 있었다. 그러나 전체적인 방향만큼은 동남쪽으로 일정하게 이동하고 있었다.

사도무영은 마침 마을이 보이자, 마을로 들어가 사람 하나를 붙잡고 몇 가지를 알아보았다.

"이쪽으로 계속 가면 어디가 나옵니까?"

사십 대의 농부는 은자 한 냥을 받고 입이 귀에 걸렸다.

"십 리만 가면 보강(保康)이 나옵죠."

"혹시 어제 많은 무사들이 이 근처를 지나가지 않았습니까?"

"무사들이요? 아, 어제 해지기 전에 저쪽 숲 아래로 많은 사람들이 지나가던데……. 어둑어둑해서 무사들인지 아닌지는 잘 모르겠습니다요."

농부가 가리킨 숲에는 지금 일행이 머물러 있었다. 그곳으로 흔적이 이어져 있었으니까.

'해지기 전이라……. 그럼 보강에서 밤을 지냈을 가능성이 크군.'

은자 한 냥의 가치는 충분한 정보였다. 사도무영은 농부를 향해 빙그레 웃어주었다.

"감사합니다."

"허허, 별것도 아닌데요 뭐."

농부는 자신보다 머리 하나가 더 큰 건장한 무사가 친근하게 웃으며 고맙다고 하자 감동한 표정을 지었다. 무사라면 양민들을 함부로 대하던 자들만 봤던 그로선 오히려 사도무영의 모습이 이상할 지경이었다.

게다가 먹고살기 힘든 겨울이 다가오는데 한 달은 생활할 수 있는 은자까지 챙겼으니 그 고마움을 어찌 말로 다할까.

그는 기억을 최대한 짜내서 그 마음에 보답하려 했다.

사도무영이 몸을 돌리고 걸음을 옮기려 할 때였다. 한 사람의 얼굴이 떠오른 그는 급히 사도무영을 불러 세웠다.

"무사님, 잠깐만 기다리십쇼."

"왜 그러십니까?"

"저기……, 도움이 될지 어떨지 모르겠습니다만, 혹시라도 보강에 가셔서 누군가의 도움이 필요하시면, 선경대로에 있는 용경루의 곽가를 찾아가 보십쇼. 저와 둘도 없는 불알친구인데, 보강은 그놈의 손바닥에 놓여 있습죠. 아마 칠보촌의 동가가 보냈다고 하면 서운하게는 안할 겁니다요."

3.

용경루는 일층에서 술과 음식을 팔고, 이층에 객방이 대여섯 개 있는 허름하고 작은 객잔이었다.

그곳의 주인인 곽가는 칼만 손에 들려주면 영락없이 산적으로 보일만큼 험상궂은 얼굴이었다. 주먹다짐이 벌어지면 얼굴로 반은 먹고 들어갈 그런 인상 말이다.

그는 그 얼굴을 잘 살려서, 한때 보강에서 잘 나가는 흑도 건달 생활을 했었다.

한데 어느 날 갑자기, 평생 건달 생활을 하다 칼 맞고 죽을 것 같던 그가 용경루를 구입하고, 흑도 생활을 접어서 사람들을 놀라게 했다.

순전히 마누라 때문이었다.

그는 그때의 결정을 한 번도 후회한 적이 없었다. 특히 요즘처럼 강호가 어수선할 때일수록 더욱 자신이 결정을 잘했다는 생각을 했다.

 지금 탁자에 앉아서 술을 질펀하게 마신 채 떠들고 있는 흑사방의 어린놈들만 아니었어도, 그의 입가에는 웃음이 걸려 있을 터였다. 비록 보기 좋은 웃음은 아니지만.

 그런데 지금은 웃음 대신 짜증이 걸려 있었다.

 '빌어먹을 놈들. 주먹이 운다, 울어.'

 한창 때 같았으면 자신 앞에서 고개도 제대로 못들 놈들이었다. 그런데 대가리가 조금 굵었다고 요즘 와서 가끔 속을 긁었다. 자신이 마누라 앞에서 꼼짝 못하고, 마누라가 절대 싸움을 하지 못하게 한다는 걸 안 이후부터.

 한 대 후려패고 마누라에게 욕먹는 게 나을까, 아니면 부처님 몇 번 찾고 그냥 참을까?

 그가 속으로 두 가지 결정을 저울질하며 탁자를 박박 문지르는데 주렴이 걷혔다.

 그는 허리를 펴고 입구를 바라보았다.

 용경루의 유일한 점소이, 곡삼이 그보다 앞서서 들어오는 사람들을 향해 소리쳤다.

 "어서 오십쇼!"

 곽가는 들어오는 사람들을 보며 눈살을 찌푸렸다.

 안으로 들어선 사람은 다섯이었는데, 모두 도검을 찬 무사들이었다.

 '뭐하는 놈들이지?'

그들이 들어온 순간 숨이 막힐 정도의 답답함이 느껴졌다. 결코 평범한 무사들이 아니었다.

저런 자들이 왜 이런 허름하고 작은 객잔에 몰려온 걸까?

그가 고민하고 있는데, 객잔 한가운데에서 질펀하게 술판을 벌이던 흑사방의 어린놈들이 겁도 없이 그들을 향해 소리치는 게 들렸다.

"저것들은 또 뭐야?"

곽가는 한숨이 나오는 걸 겨우 참고 고개를 저었다.

'그래, 죽으려면 뭔 짓을 못하겠냐?'

그는 손에 들린 걸레를 내려놓았다. 시건방진 어린놈들이 죽는 건 상관없지만, 피가 튀면 곤란했다. 마누라가 피 묻은 바닥을 보면 자신이 싸운 것으로 생각할지 모르니까.

한편, 객잔에 들어선 사도무영은 걸레를 들고 있는 중년인을 바라보았다.

'저자가 곽가인 모양이군.'

옆에서 술에 취한 목소리가 들린 것은 바로 그때였다.

장막심이 그들을 향해 고개를 돌리고는, 입가에 웃음까지 지으며 말했다.

"낮부터 술을 많이 마신 모양이군. 나도 술에 취하면 가끔 헛소리를 하곤 하지. 하지만 아무리 취해도 거기가 똥 눌 자린지, 오줌을 눌 자린지 정도는 가려서 말한다네."

술에 취하면 호랑이도 고양이로 보일 때가 있는 법.

흑사방의 애송이 건달들은 장막심을 꼬나보았다.

그들은 모두 일곱이었는데, 그들 중 말대가리처럼 머리가 길쭉한 자가 탁자를 탕! 내려치고 말했다.

"뭔 개소리야? 여기가 우리 흑사방의 영역인 걸 모르고 왔나본데, 기어서 가고 싶지 않으면 꺼져. 형님들 기분이 좋아서 그냥 보내주는 거니까."

장막심이 부드러운 표정을 지었다.

'이런 애송이들하고 말싸움해 봐야 체면만 떨어지지.' 그런 마음으로.

그러면서도 '잘하면 재미있는 일이 생기겠군.' 그런 생각에 애송이들을 슬쩍 건드려보았다.

"흑사방이고 백골방이고, 시끄러우니까 입 좀 닫고 있으면 어떻겠나?"

"뭐야? 당신 지금 우리 흑사방을 우습게 본다는 거야?"

그때 눈초리가 치켜 올라가고 입술이 얇은 자가 손을 내밀어 동료를 막았다.

"어? 가만! 이봐, 가더라도 저기 있는 계집은 놓고 가."

흑사방의 건달들을 장막심에게 맡겨놓고 곽가에게 다가가던 사도무영이 우뚝 걸음을 멈추고 고개를 돌렸다.

장막심도 눈을 크게 떴다.

그렇게 위험한 말을!

'아주 잘하는군! 크크크크.'

거의 동시에 쾅! 하는 소리가 나더니, 입술이 얇은 자가 의자와 함께 날아갔다.

양류한은 한 놈을 의자와 함께 날려 보내고는, 아직 영문을 몰라 멍하니 앉아 있는 자들을 내려다보았다.

"괜히 의자만 부쉈군. 차라리 목뼈를 부러뜨리는 게 나았을 거 같은데 말이야."

흑사방의 건달들은 그때까지도 상황파악을 못했다.

"이 개자식이!"

"우리가 누군 줄 알고……."

두 사람이 벌떡 일어나며 주먹을 휘둘렀다.

가볍게 고개만 틀어 주먹을 피한 양류한은 인정사정없이 두 건달을 두들겨 팼다.

퍽! 퍼벅!

동료가 두들겨 맞자 나머지 네 사람도 일어나서 달려들었다. 결국 장막심까지 가세했다.

"어허, 정말 찍어서 먹어봐야 맛을 알 친구들이구만."

또한 기특한 놈들이었다. 꿀꿀한 자신의 기분을 맞춰 주기 위해 몸을 바쳐 노력하다니.

퍽! 빡!

사도무영은 그들의 일에 상관하지 않고 곽가를 향해 돌아섰다. 조금 맞아도 될 자들 같았다.

"이거 오자마자 소란스런 일이 벌어졌군요. 죄송합니다."

곽가, 곽종기는 나름대로 사람 보는 눈도 있고, 눈치도 빠른 편이었다. 그는 사도무영이 이들 일행의 수장이며, 용경루에 온 목적이 식사가 아닌 자신임을 곧바로 눈치챘다.

손을 씻은 지 오 년이 되었다. 새로운 방주가 풀어준 덕에. 그런데 왜 이런 무사들이 자신을 찾아온 것일까?

그런 의문이 드는 한편으로, 긴장감에 등줄기를 타고 식은 땀이 흘렀다.

앞에 있는 자들은 고수들이었다. 흑사방의 건달들 따위와는 비교조차 할 수 없는 진짜 고수.

이런 자를 상대할 때는 최대한 조심해야 했다. 말 한마디 잘못하면 그걸로 끝장이니까.

그는 신경을 잔뜩 곤두세운 채 입을 열었다.

"무슨 일로 오신 거요? 보아하니 식사를 하기 위해 온 분들은 아닌 것 같소만."

"칠보촌에서 동씨 성을 쓰는 분을 만났는데, 그분이 귀하를 소개시켜 주었습니다."

곽종기는 그제야 긴장이 풀렸다.

칠보촌의 동가라면 한때 자신의 반쪽처럼 가까웠던 친구가 아닌가. 설마 그 친구가 자신에게 해가 될 사람을 보냈으려고.

"그 친구가 무슨 이유로 이 헛껍데기 같은 사람을 소개시켜 줬는지 모르겠구려."

"보강에서 뭘 좀 알아볼 게 있는데, 그분 말로는 귀하가 보강의 대소사에 정통하다고 하더군요."

그건 사실이었다.

곽종기는 자신 있는 분야에 대해서 이야기가 나오자 언제 그랬냐는 듯 긴장감을 털어내고 탁자를 향해 손짓했다.

"일단 앉으시구려."

"밖에 사람들이 더 있습니다. 손님들께 방해가 될까 봐 기다리라 했는데, 그들이 쉴 수 있는 방이 있을지 모르겠습니다."

"방이 네 개밖에 없는데……."

"그거면 됩니다. 적 형, 사람들을 들어오라고 하십시오."

"예, 령주."

적도광이 짧게 대답하고 밖으로 나갔다.

그 사이 사도무영은 도담과 함께 탁자 하나를 차지하고 앉았다.

그동안에도 장막심과 양류한은 흑사방의 건달들을 두들겨 팼다.

퍽! 빠박!

"어때, 이제 알아듣겠나? 응? 아직도 모르겠다고?"

"그, 그게 아니라……."

"몰라도 몇 대 맞다 보면 곧 알게 될 거네. 하하, 걱정 말게."

"아이고! 나리……, 컥! 이제 알겠……, 끅!"

그 사이 수라단과 수라십이살이 적도광을 따라 들어왔다.
곽종기는 생각보다 숫자가 많은 걸 알고 난감한 표정을 지었다.
"방은 네 개지만, 침상은 다 합쳐도 열 개밖에 안 되는데……."
"괜찮습니다. 아직 하루 묵을 것인지 결정 난 것도 아니고, 묵는다 해도 적당히 나누어서 쓰면 됩니다. 정 안 되겠으면 앞에 있는 객잔에 방을 얻지요."
"그렇다면 다행이오만……."
곽종기는 인원 때문에 걱정했지만, 용경루 안으로 들어온 수라단원들은 객잔의 방이 열 개든 스무 개든, 그에 대해선 조금도 신경 쓰지 않았다.
한쪽에서 장막심과 양류한이 일곱 명의 흑사방 건달들을 두들겨 패고 있다. 방이 몇 개니, 침상이 몇 개니 하는 것보다는 그것이 훨씬 더 흥미를 끌었다.
"뭐야, 자기들만 재미보고 있었잖아?"
"사람을 때릴 줄 모르는군. 그렇게 때리면 멍만 생길 뿐, 정작 아프지는 않은데 말이야."
"우리 령주님한테 한참 배워야겠어."
"귀여운 친구들 같은데?"
수라단원들이 우르르 몰려가자, 흑사방의 건달들은 바닥을 기어서 구석으로 도망쳤다.

두들겨 맞으면서 술이 반쯤 깬 상태였다. 술이 깨자 두려움이 밀려들었다.

"우, 우리는 흑사방 사람들이오. 우리를 건들면 절대 무사하지 못할 거요!"

그 와중에도 한 놈은 악착같이 흑사방 이름을 팔았다.

그러나 상대는 흑사방이 아니라 백골방이라 해도 눈썹 하나 까딱하지 않을 사람들이었다.

"흑사방이 그렇게 대단한가? 어이구, 무섭네, 무서워."

"진짜 귀여운 애들이네. 이봐, 너희들 중 누가 제일 힘이 세지? 이 누나가 예뻐해 줄 테니까, 어디 말해 봐."

"팔다리 다 부러뜨려 놓고 누가 빨리 기어가는지 내기 하자고. 어때?"

"그거 좋지. 그러고 보니 그 내기 한 것도 꽤나 되었군. 한두 달 되었지?"

"나는 저기 저 빼빼 마른 놈에게 걸지."

흑사방의 건달들은 바지에 오줌이라도 지릴 것처럼 안색이 흙빛으로 변한 채 덜덜 떨었다.

객잔 안이 시끌벅적해지자 사도무영이 제동을 걸었다.

"그만하고 방으로 들어가서 쉬시오. 형님, 양 형, 그만 이리 오쇼."

수라단원들은 건달들의 뼈다귀를 부러뜨리지 못한 것을 아쉬워하며 돌아섰다.

"진짜 재미있는 놀이인데, 령주님은 뭘 모르신다니까."
"다리 잘린 풍뎅이 놀이 한 번도 안 해 보셨나?"
장막심도 손을 털고는 흑사방의 건달들에게 넌지시 말했다.
"그러게 조용히 있으라고 했잖아. 다 자네들이 자초한 일이니 우리를 원망 말게. 알았나?"
"예, 예. 대, 대협."
흑사방의 건달들 입장에선 지옥에 떨어졌다 구사일생으로 살아나온 심정이었다.
그들은 양류한의 눈치를 보며 슬금슬금 입구 쪽으로 이동했다. 이제는 양류한의 얼굴이 여자의 탈을 쓴 악귀처럼 느껴졌다.
양류한은 언제 무슨 일이 있었냐는 듯 몸을 돌리고 사도무영이 있는 곳으로 걸어갔다.
사도무영은 장막심과 양류한이 앉자 곽종기에게 물었다.
"어제 저녁에 보강으로 오십여 명의 무사들이 들어왔을 겁니다. 그들에 대한 정보가 필요합니다. 알아봐주실 수 있겠습니까?"
"정말 그 정도 숫자가 들어왔다면, 그들에 대한 정보를 얻는 것은 그리 어렵지 않은 일이오. 다만 어디까지 알아내야 할지 그게 문제긴 하오만……."
"뭐든, 많이 알수록 좋습니다. 물론 그에 대한 대가는 충분히 드릴 겁니다."

사도무영이 말하며 탁자 위에 금덩이를 꺼내놓았다. 족히 열 냥은 되는 금덩이였다.

곽종기가 금덩이를 보고 눈을 휘둥그렇게 떴다. 침이 절로 꿀꺽 넘어갔다.

황금 열 냥이면 용경루에서 일 년 내내 벌어야 할 거액이다. 그런 거액을 정보 몇 가지 알아보겠다고 내놓다니.

"이걸 나에게 주겠단 말이오?"

"만족할 만한 정보가 나오면 이만큼 더 드리지요."

곽종기의 얼굴이 굳어졌다.

정보도 정보 나름이었다.

황금 이십 냥을 지불할 정도라면 단순한 정보를 원하는 게 아닐 것이다. 자칫하면 그동안의 행복이 한순간에 날아갈지 모른다.

'위험해.'

하지만 뿌리치기에는 황금의 유혹이 너무나 컸다. 잘하면 직접 관여하지 않아도 될 것 같기도 하고.

물론 다른 사람의 힘을 빌리면 대가는 줄겠지만, 그만큼 안전이 보장될 것이니 손해라 할 수만은 없었다.

결정을 내린 그는 막 입구로 나가려는 흑사방의 건달을 불렀다.

"이봐, 소상. 잠깐 이리와 보게."

입술이 터지고 눈 가장자리가 시퍼렇게 변한 건달은 이러지도 못하고 저러지도 못한 채 입구에서 머뭇거렸다.

철천지원수가 따로 없었다.

'씨벌, 왜 하필 나야!'

그때 장막심이 오른손을 들더니 검지를 세우고 까딱거렸다.

"안 때릴 테니까 이리 와봐."

소상이라 불린 건달은 더 이상 버티지 못하고 사도무영이 있는 탁자 쪽으로 비틀거리며 다가왔다.

그는 사도무영 일행을 겁에 질린 눈으로 힐끔거리며 물었다.

"무슨…… 일로 부르신 겁니까, 형님?"

"방 총관께 내가 급히 만났으면 한다고 전해라."

"그렇게만 전하면 됩니까?"

"그래, 그리고 앞으로 술 마시고 싶으면 다른 데로 가. 마누라에게 혼나더라도 더는 참을 수 없을 것 같으니까. 무슨 말인지 알지?"

찔끔한 소상은 슬며시 눈을 돌리며 대답했다.

"알겠습니다. 그렇게 하죠."

하지만 속으로는 이를 갈았다.

'이빨 빠진 호랑이가 입은 살아가지고……'

석양이 점점 붉게 변해갈 무렵.

사도무영 일행이 방에서 쉬고 있는데 건달 수십 명이 용경루로 몰려왔다.

선두에 선 자는 감색 비단장삼을 걸친 사십 대 중반의 중년인이었는데, 그가 바로 흑사방의 총관인 방우겸이었다.

그가 용경루로 들어오며 짐짓 호방한 웃음을 터트렸다.

"하하하, 귀호가 나를 찾다니, 별일이군. 그동안 잘 있었는가?"

곽종기는 방우겸과 함께 온 자들을 보고 속으로 혀를 찼다.

'그만하면 상대의 능력을 깨달았을 줄 알고 아무 말 안했더니, 쯔쯔쯔……'

방우겸과 함께 온 자들은 흑사방에서 궂은일을 도맡아 처리하는 흑사단이었다.

그는 흑사단에 대해 속속들이 잘 알고 있었다. 그도 한때 흑사단의 조장으로 단주 물망에 올랐던 적이 있었으니까.

하지만 지금 용경루에 있는 사람들은 흑사단 따위가 상대할 수 있는 사람들이 아니었다.

"방 총관, 사람은 왜 이리 많이 데려오셨소?"

방우겸이 씩 웃었다. 나름 자신의 마음을 드러내는 차가운 웃음이었다.

"우리 아이들을 훈계한 분들이 있다고 해서 말이야."

곽종기는 고개를 저었다.

"쓸데없는 생각은 마시오, 방 총관."

"그동안 칼을 놓고 살더니, 자네도 기가 많이 죽었군."

방우겸의 입가에 조소가 걸렸다. 곽종기가 흑사방의 수하 몇이 맞는 걸 보고는 지레 겁을 먹었다고 생각하는 듯했다.

곽종기는 방우겸을 빤히 쳐다보았다.

"내 비록 흑사방을 떠나긴 했지만, 그래도 흑사방을 고향처럼 생각하는 사람이오. 그래서 하는 말이오만, 나는 그런 흑사방이 하룻밤 새에 사라지는 걸 보고 싶지 않소. 무슨 말인 줄 알겠소?"

방우겸의 얼굴이 딱딱하게 굳어졌다.

젊은 신임방주를 도와서 삼 년 만에 흑사방을 보강제일의 세력으로 만든 사람이 바로 그였다. 오죽 잔머리를 잘 썼으면 사람들이 삼두호리(三頭狐狸)라고 부를까.

그런 방우겸이기에 곽종기가 한 말을 바로 알아듣고 놀라지 않을 수 없었다.

'우리 흑사방을 하룻밤 사이 지울 수 있는 놈들이라고?'

믿을 수 없었다. 하지만 그가 아는 곽종기는 목에 칼이 들어와도 허언을 하는 사람이 아니었다.

그렇다고 해서 무조건 꼬리를 말 수는 없는 일. 그는 눈살을 찌푸리며 싸늘하게 말했다.

"자넨 우리 흑사방을 너무 무시하는 것 같군."

"아니, 너무 잘 알아서 탈이지요."

"잘 아는 사람이 그런 말을 하는가? 좋아, 그들이 얼마나 대단한지 내가 직접 확인해 보지. 어디 있나? 설마 어디로 내빼지는 않았겠지?"

 그때 이층의 방문이 열리고, 몇 사람이 밖으로 나왔다. 소란스런 소리가 들리자 수라십이살과 수라단원들이 모두 나온 것이다.

 흠칫 고개를 든 방우겸의 눈빛이 잘게 떨렸다.

 흑사방의 총관을 맡은 후 많은 사람을 상대해 본 그였다. 사람을 알아보는 눈은 어떤 고수 못지않았다.

 '고수들이다!'

 조금 전까지만 해도 자신만만했던 그의 가슴 속에 찬바람이 불었다.

 그가 속으로 긴장하며 쳐다보고 있는데, 적도광과 추강이 모습을 보였다.

 두 사람은 이층을 올려다보는 방우겸을 직시했다.

 거리가 삼 장은 되는데도, 두 사람의 눈빛을 받은 방우겸은 심장이 얼어붙는 기분이었다.

 '헛! 곽가의 말이 거짓이 아니었구나.'

 그는 뒷짐 진 손을 움켜쥐고 최대한 평정을 유지하려 애썼다.

 사도무영이 장막심, 양류한과 함께 방문을 열고 나온 것은 그때였다.

 방우겸은 눈을 부릅뜨고 입을 반쯤 벌렸다.

 자신을 놀라게 한 두 사람이 그를 향해서 고개를 절도 있게 숙이는 것이 아닌가.

'저놈은 또 뭐야?'

한편, 방에서 나온 사도무영은 곽종기와 방우겸을 내려다보았다. 이미 곽종기에게서 흑사방에 대한 이야기를 들은 상황. 그가 방우겸을 왜 불렀는지 아는 터였다.

"올라오시죠. 아무래도 이야기를 나누기에는 그곳보다 방이 나을 것 같습니다만."

"알겠소이다."

곽종기가 방우겸을 돌아보았다.

"올라갑시다."

자신이 왜 저 위로 올라간단 말인가?

방우겸이 곽종기를 보며 물었다.

"왜 내가 저 사람과 이야기를 나누어야 한단 말인가?"

"그럼 싸울 겁니까?"

그럴 수는 없었다. 자신이 데리고 온 흑사단 삼십 명으로는 처음에 나온 사람들도 감당할 수 없었다.

그렇다고 꼬리를 말 수도 없고······.

갑자기 머리꼭대기에서 열이 솟구쳤다.

'빌어먹을! 소상, 그놈이 그냥 젊은 놈들이라고만 해서 이 정도면 충분할 줄 알았더니······.'

곽종기가 머뭇거리는 그에게 은근한 어조로 말했다.

"몇 가지 알아볼 것이 있다고 하니, 그것만 답해 주면 되는 일입니다. 물론 정보에 대한 대가를 받고 말이지요."

대가라고?

그렇다면 자신이 한 발 물러서도 명분이 선다.

눈을 반짝인 방우겸은 마지못한 척 곽종기의 청을 응낙했다.

"좋네. 그럼 일단 만나보지."

방에 들어간 방우겸은 숨도 쉬기 힘들었다.

모두 여섯. 소상 말대로 전부 젊은 사람들이었다. 문제는 하나같이 절정의 고수들이라는 것이었다.

여자처럼 보이는 자까지.

'제대로 꾸미면 진짜 예쁘겠군. 보향루의 단심이보다 예쁘겠는데? 남색을 즐기는 놈들이 보면 환장하겠군.'

그는 자신이 지옥을 넘나드는 줄도 모르고 양류한의 미색(?)에 감탄했다. 그러다 양류한이 고개를 돌리는 걸 보고 재빨리 눈알을 돌렸다.

그 사이 사도무영이 자신의 목적을 말했다.

"귀하를 청한 것은, 다름이 아니라 어제 오후 늦은 시각에 보강으로 들어온 자들 중……."

'이크.'

방우겸은 재빨리 정신을 차리고 사도무영의 말을 들었다. 그리고 사도무영의 말이 다 끝난 후에야 조심스럽게 반문했다.

"오십여 명이라 했소이까?"

"그렇습니다."

방우겸은 눈을 반짝이며 빠르게 머리를 굴렸다.

'어제 저녁 청송객잔에 수상한 자들 수십 명이 머물러 있다고 했지.'

그 보고를 받고 수하에게 지시해서 그들이 누군지, 어느 문파의 사람들인지 철저히 조사해보라는 지시를 내렸다. 타 세력이 끌어들인 자들일지도 모르니까.

하지만 그들은 보강의 어떤 흑도 세력과도 연관이 없는 자들이었다. 오히려 정파의 무사들처럼 보인다고 했다.

자칫 너무 접근하면 엉뚱한 불똥이 튈지도 모르는 일. 그는 수하들에게 멀리서 관찰만 하고 절대 부딪치지 말라고 했다.

그 후 별다른 보고가 없어 더 이상 신경을 쓰지 않았는데, 앞에 있는 자가 찾는 사람들은 그들이 분명해 보였다.

내심 확신을 가진 그는 조금 전 곽종기의 말을 떠올리고 사도무영에게 물었다.

"곽가 말로는, 그 일을 처리해 주면 대가를 준다고 했다던데, 얼마를 줄 생각이오?"

"황금 열 냥을 주지요."

단순 정보에 대한 대가치고는 적지 않은 금액이었다. 아니 충분하고도 넘칠 만큼 많은 돈이었다.

그 정도면 자신의 체면도 살 터. 고개를 돌린 그는 뒤에 서 있는 흑사단주 오태삼에게 물었다.

"청송객잔에 있다던 놈들 기억나나?"

"예, 총관."

"지금도 그곳에 있나?"

"아침에 떠났다고 들었습니다."

"놈들을 감시하던 우리 아이들은?"

"놈들이 보강을 완전히 벗어나는 걸 보고서 돌아온 것으로 압니다."

방우겸은 다시 고개를 돌려 사도무영을 쳐다보았다.

"원하신다면 우리 아이들이 쫓아간 곳까지 안내해 드리지요."

"그들이 어느 문파의 사람들인지 아십니까?"

방우겸은 고개를 모로 꼬고서 어제 저녁의 보고를 더듬어보았다.

"애들이 정확하게 들은 것인지는 모르겠는데……, 그들의 입에서 벽수산(碧水山)이라는 말이 나왔다고 했소이다. 뭐 그 말 때문에 우리도 그들이 정파의 사람들일지 모른다고 생각하긴 했소만. 벽수산이라면 벽검산장이 있는 곳이니까 말이외다."

사도무영은 용경루에서 두 시진 쉬고 출발하기로 했다.

수라단원 중 달종과 청구홍을 보강에 남겨놓을 생각이었다.

방우겸에 말대로라면, 벽수산까지 다녀오는데 이틀 이상이 걸린다. 중간에 무슨 일이 벌어질지도 모르고. 그 사이 사부님

추적(追跡) 43

과 화설 누이가 수라곡 사람들과 함께 도착할지 몰랐다.
 그는 두 사람에게 사부님 일행이 오면 용경루로 모시도록 했다.

제2장
벽검산장(碧劍山莊)

1.

　벽수산은 보강에서 남쪽으로 이백 리 정도 떨어진 곳에 솟아 있었다.

　높이는 그리 높지 않았다. 그러나 서쪽으로 펼쳐진 산세가 웅장하고 깊어서 시인묵객들이 자주 찾는 곳이었다.

　벽검산장(碧劍山莊)은 그런 벽수산 자락 수만 평을 차지한 채 지어져 있었다.

　이십여 채의 건물이 거목과 조화를 이루어, 보는 사람들의 입에서 절로 감탄이 나올 정도로 아름다웠다.

　하지만 수십 년 동안 외부의 일에 거의 관여를 하지 않다 보니, 인근에 사는 사람들조차 벽검산장이 어떤 세력인지 정확하게 아는 사람이 거의 없었다. 그저 남에게 해를 끼치지 않으니 정파의 세력일 거라는 막연한 추측만 할 뿐.

그런데 언제부턴가, 물결이 일지 않는 고요한 호수처럼 존재하던 벽검산장에 변화의 물결이 일기 시작했다.

처음에는 느껴지지 않을 만큼 작은 물결이었다. 그러나 시간이 지나면서 점점 커지더니, 어느새 파도가 되어 버렸다.

벽검산장의 사람들은 그 변화를 싫어하지 않았다. 싫어하기는커녕 오히려 쌍수를 들어 반가워했다.

수십 년을 기다려온 그들이 아닌가.

이제 세상의 중심에 우뚝 설 날이 되었다 생각한 것이다.

그렇게 벽검산장이 급격한 변화를 겪던 어느 날이었다.

석양이 서산으로 잠겨드는데 벽검전의 이층 내실에 다섯 사람이 모였다.

칠십 대 전후의 노인 셋과 사오십 대의 중년인 둘.

탁자에 둘러앉은 그들 중 제일 먼저 입을 연 사람은 오십 대 초반으로 보이는 중년인이었다.

"한순간의 방심으로 형제를 열이나 잃은 것이 안타깝긴 합니다만, 결과만 따지면 이번 일로 그 이상의 소득을 충분히 취했다는 생각입니다."

세 노인 중 눈초리가 치켜 올라간 노인이 그 말을 듣더니 수염을 쓰다듬으며 말했다.

"나 역시 조카와 같은 생각이네. 하나 아무리 소득이 많다 해도 형제들의 죽음을 너무 쉽게 생각해서는 안 될 것이네."

"당연한 말씀입니다, 숙부."

이번에는 얼굴이 둥근 노인이 물었다.

"그런데 뒤를 쫓아온 자들이 있었다고?"

그 질문에는 사십 대 중반의 중년인이 대답했다.

"도중에 그들을 발견하고 쫓았는데, 날다람쥐처럼 빨라서 놓치고 말았습니다."

"그들이 누군지는 알아냈느냐?"

"멀리서 잠깐 뒷모습만 보긴 했습니다만, 복장이나 펼치는 신법으로 봐서 구천신교의 교도도 아니고, 강호 여느 대문파에 속한 자도 아닌 듯했습니다. 아마 근처를 지나다가 대규모로 이동하는 저희 모습이 이상해서 따라온 자가 아닌가 생각됩니다."

가만히 듣고만 있던 덩치 큰 노인이 묵직한 목소리로 말했다.

"강호는 너희들의 생각처럼 만만한 곳이 아니다. 모든 일을 행함에 있어 신중을 기해야 할 것이야."

"명심하겠습니다, 아버님."

"그자들이 비록 대문파나 구천신교의 사람이 아니라 해도, 우리 아이들이 놓쳤다는 것은 그자들에게 그만한 실력이 있다는 말이다. 그러한 자들이 아무 이유 없이 쫓아오지는 않았을 터. 이유가 있다면 쉽게 포기하지도 않을 것이다. 사람을 내보내서 혹시 수상한 자들이 근처에 나타나는지 알아보도록 해라."

사십 대 중반의 중년인이 고개를 숙였다.

"죄송합니다, 아버님. 소자가 너무 쉽게 생각한 것 같습니다. 즉시 아버님 말씀대로 지시를 내리겠습니다."

그때 문밖에서 나직한 목소리가 들려왔다.

"장주님께 아룁니다. 서쪽에서 전서구가 날아왔습니다."

오십 대 중년인, 벽검산장의 장주 동방력이 문을 향해 말했다.

"들어오게나."

곧 청의중년인이 안으로 들어왔다. 그는 벽검산장에서 정보를 총괄하는 벽심당의 당주 호고원이라는 자였다.

동방력의 바로 앞까지 다가간 호고원은 공손한 자세로 한 장의 전서를 내밀었다.

눈초리가 치켜 올라간 노인이 미간을 찌푸리며 불만을 표했다.

"아주 중요한 일이 아니면 연락을 하지 말라 했거늘, 얼마나 중요한 일이기에 며칠을 참지 못하고 전서구를 보냈단 말인가?"

동방력은 숙부인 동방주승과 생각이 조금 달랐다.

연락을 하지 말라고 했는데도 연락을 했을 때는 그만큼 중요한 일이 있다는 말과도 같았다.

서신을 읽어본 동방력은 자신의 생각이 옳았음을 알고 표정이 굳어졌다. 고개를 든 그는 동생이자 벽검산장 최강의 무력

단체인 용무단(龍武團)을 맡고 있는 동방효를 바라보았다.
 "수라곡의 건물들이 시신과 함께 잿더미로 변했다는구나."
 동방효가 변명하듯이 말했다.
 "저희들은 불을 지르지 않았습니다, 형님."
 "나도 안다. 구천신교로 갔던 수라종과 교도 일부가 곡으로 돌아갔다고 하는데, 그들이 불을 지르고 시신을 화장한 것 같다고 한다."
 "그들이 돌아오려면 이삼 일은 더 걸린다고 하지 않았습니까?"
 "뭔가 갑작스런 일이 생긴 모양이다."
 그 말에 동방주승이 코웃음 쳤다.
 "흥! 그놈들이 혹시 잔머리 굴리는 거 아닌가 모르겠구나. 모든 것을 우리에게 떠넘기려고 말이다."
 "그것도 배제할 수는 없겠지요. 좌우간 일단은 아버님 말씀대로 경계망을 넓히고 경계를 철저히 해야겠습니다. 놈들이 우리의 소행임을 알면 시끄러워질지 모르니까요. 두려울 거야 조금도 없지만, 귀찮은 일은 피하는 게 상책 아니겠습니까?"
 동방력은 담담히 답하고 동방효를 바라보았다.
 "아우, 누군가가 우리의 정체를 알아봤을 가능성이 있을 만한 일은 없는가?"
 동방효는 이마를 좁히고 기억을 떠올렸다.
 "그때 놓친 두 놈 빼고는 별일이……. 아, 보강의 객잔에 머물 때 우리를 멀리서 지켜보던 놈들이 있었습니다. 보아하니 보강의 흑도세력인 흑사방 놈들 같았는데, 사람들의 눈을 끌까봐 그냥 놔두었지요."

"객잔에 머물렀다고?"

최대한 사람들의 눈에 띄지 않게 움직이라고 했다. 그런데 객잔에 머물다니. 그는 안이한 동생의 행동에 은근히 화가 났다.

동방효도 자신의 잘못을 깨닫고 얼굴이 굳어졌다.

"일이 원만히 끝난 것 같아서 형제들을 편히 쉬게 해주려고 그만……. 죄송합니다, 형님."

동방력이 싸늘한 표정으로 동방효를 쏘아보았다.

이미 되돌리기에 늦은 상황. 화를 내기보다 수습을 하는 게 우선이었다.

"어차피 벌어진 일, 하는 수 없지. 그럼 그놈들도 조사해 봐라. 놈들이 우리를 수상하게 생각하고 있을지 모르니까."

"예, 형님. 즉시 사람을 보내겠습니다."

동방력은 일사천리로 명을 내리고, 그때까지 한쪽에 서 있는 호고원을 향해 고개를 돌렸다.

"장안에서는 연락이 없었는가?"

"아직 오지 않았습니다. 장주."

"꽤나 늦군. 그곳의 상황을 자세히 알아야 정천맹과의 일도 결정할 수 있거늘……."

그의 얼굴에 답답해하는 표정이 떠오르자, 덩치 큰 노인, 동방주천이 말했다.

"너무 서두르지 마라. 침착하지 못하면 실수만 많아지는 법이니라."

"예, 아버님."

"그보다 회주의 건강에 신경을 쓰도록 해라. 아무래도 오래 견디지 못할 것 같다."

진짜로 건강을 염려해서 하는 소리가 아니었다. 하늘이 무너지기 직전이었다. 때를 놓치면 주도권을 뺏길지 모르는 일. 한시도 눈을 떼어선 안 되었다.

"그러잖아도 믿을 만한 사람을 심어두었습니다."

"잘했다. 후후후, 삼십 년을 기다려 왔다. 우리라고 해서 만년 가신으로만 있으란 법이 있더냐?"

"세상이 곧 저희 동방가를 알게 될 것입니다. 그리 되면 저들도 우리를 달리 보게 되겠지요. 그때 모든 것을 결정지을 것입니다, 아버님."

2.

벽수산에서 북쪽으로 십여 리 떨어진 이름 모를 산 정상.

차가운 바람이 휘파람소리를 내며 불어대는 그곳에 사도무영 일행이 나타난 것은, 보강을 떠난 다음 날, 태양이 서쪽으로 반쯤 기울어진 신시 무렵이었다.

"저기가 벽검산장입니다."

사도무영 일행의 길안내를 맡은 흑사방의 졸개가 손을 들어 앞을 가리켰다.

사도무영은 벽수산 기슭에 웅크리고 있는 거대하고 아름다운 장원을 무심한 눈으로 바라보았다.

수백 년 묵은 아름드리 고목이 둘러싸고 있는 장원 안에 고색창연한 전각이 즐비했다.

그만큼 역사가 깊다는 말이었다. 또한 그렇게 오랜 세월이 지나도록 세상에 알려지지 않았다는 건, 그들이 그만큼 철저히 자기관리를 해왔다는 말이기도 했다.

한데 그런 자들이 왜, 무슨 이유로 수라곡을 친 것일까?

강호에 이름을 알리기 위해서였다면 그렇게 도둑고양이처럼 오가지 않았을 것이다. 그래서 더 의문이었다.

'저들의 정체를 알아내면 이유를 알 수 있을지도……'

사도무영은 일행과 함께 정상에서 내려오면서 밤이 될 때까지 숨어 있을 만한 적당한 곳을 찾아보았다.

마침 산 중턱에 바위가 갈라진 틈이 보였다. 넝쿨로 앞이 가려져서 안쪽이 잘 보이지 않았다. 더구나 일행이 모두 들어가도 될 만큼 넓어서 잠시 머물기에는 그만이었다.

"어두워지면 제가 가서 저들의 정체를 알아볼 테니, 여러분들은 단원들과 함께 이곳에서 기다려 주십시오."

보강에서 수라종파의 복장을 벗고 일반 무복으로 갈아입긴 했지만, 겉을 바꾸었다고 속까지 바꿀 수는 없었다.

수라곡 사람들의 가슴은 복수에 대한 일념으로 가득 찬 상태. 눈빛 한 줄기, 행동 하나하나에 은연중 그러한 마음이 묻어나왔다.

접근하다 벽검산장의 사람을 만나기라도 하면 금방 의심을 받을 터. 너무 위험했다.

도담과 적도광, 추강 등 수라곡 사람들은 사도무영의 명을 거역하지 못했다.

그러나 장막심은 달랐다.

"직접 들어갈 건가?"

"호랑이를 잡으려면 호랑이굴에 들어가야 하지 않겠습니까? 어차피 싸우려고 온 것은 아니니 적당히 살펴보고 나올 겁니다."

"내가 따라가지."

"그럴 필요는……."

"벽검산장에 대해서 몇 번 들어본 적이 있네. 이 기회에 어떤 곳인지 구경해보고 싶군."

단순히 장원을 구경해보고 싶어서 하는 말이 아니다. 사도무영이 걱정되어서 함께 가겠다는 것이다.

사도무영은 그의 마음을 알면서도 모른 척했다.

거부하면 몰래 혼자 움직일지 몰랐다. 게다가 이러니저러니 해도, 장막심이 자신보다는 강호 경험이 많은 사람이 아닌가.

"좋습니다, 함께 가지요. 대신 들켰다 싶으면 바로 빠져나오셔야 합니다."

"걱정 말게. 도망치는 것은 자신 있으니까."

그런데 장막심이 가겠다고 하자 양류한도 나섰다.

"나도 가겠소. 둘보다는 셋이 나을 것이오."

"양 형, 아주 위험한 곳입니다."

"걱정 마시오. 내가 막심 형님보다는 빠르니까."

3.

동방효는 호고원이 들어오는 걸 보고 보고서를 내려놓았다.

벽심당주가 직접 왔다는 것은 그만큼 중요한 일이 있다는 뜻이었다.

"무슨 일인가?"

"수상한 자들이 남장 근처에서 남하하고 있는 걸 봤다는 첩보가 남장분소에서 들어왔습니다. 모두 무사들인데, 하나같이 젊고 강인해 보이는 자들이었다 합니다."

동방효의 눈빛이 싸늘하게 번뜩였다.

"몇이나 되느냐?"

"이십 명쯤 된다고 합니다."

많지 않은 인원이었다. 하지만 싸움이 아닌 정보수집차원이라면 적은 인원도 아니었다.

"언제, 어디서 발견된 것이지?"

"사시 무렵, 남장 서남쪽 이십 리 지점입니다."

동방효는 더 이상 생각할 것도 없다는 듯 문 밖을 향해 명을 내렸다.

"가서 순무당주 동방인을 데려와라."

동방효는 명을 내리고 호고원의 보고를 면밀하게 따져보았다.

적이 아닐 수도 있었다. 그냥 지나치는 자들일 수도 있고, 도중에 방향을 틀어 딴 곳으로 갈지도 몰랐다.

가능성은 반반 정도.

하지만 그는 방심으로 더 이상 실수하고 싶지 않았다. 수하들이야 조금 힘들겠지만.

순찰을 책임지고 있는 순무당주 동방인이 들어온 것은 일각이 채 지나기도 전이었다.

"부르셨습니까, 단주!"

동방효는 호고원에게 들은 말을 그대로 해주고, 명령 하나를 뒤에다 덧붙였다.

"그러니 즉시 수색망을 일대 삼십 리까지 넓혀서 철저히 살펴봐라. 발견해도 싸우지는 말고 보고부터 올리도록. 상관없는 자들을 건드리면 귀찮아질지도 모르니까."
 "예, 단주."

4.

 유시가 되자 어스름이 밀려들고, 옷깃 사이로 스며드는 바람이 점점 매서워졌다.
 벽수산이 회색으로 채색될 무렵, 사도무영은 장막심, 양류한과 함께 바위틈에서 나왔다.
 산을 내려온 세 사람은 벽검산장으로 접근했다.
 걸음걸음마다 어둠이 빠르게 번졌다. 바람도 급속도로 차가워졌다.
 한데 어느 순간, 숲속을 관통하며 빠르게 걸음을 옮기던 사도무영이 갑자기 걸음을 멈추고는 몸을 낮췄다.
 뒤따라가던 장막심과 양류한도 덩달아 몸을 낮추고 주위를 둘러보았다.
 『무슨 일인가?』
 『전방에 사람이 있습니다. 아무래도 벽검산장의 순찰조 같습니다.』
 사도무영이 장막심의 전음에 답하고 셋을 셀 즈음, 풀잎을 스치는 소리와 함께 검은 인영 서넛이 칠팔 장 앞을 지나갔다.

사도무영은 그들이 지나간 것을 확인하고 나서야 다시 앞으로 나아갔다.

그렇게 벽검산장의 담장에 도착할 때까지 도합 세 번의 순찰조를 만났다. 신경이 곤두섰다.
'경계가 철저하군.'
그는 알지 못했다. 오늘의 순찰은 다른 때와 다르다는 걸.
무사히 순찰망을 벗어나 담장에 도착한 사도무영은 곧장 신형을 날려 고목 위로 올라갔다.
장원의 모습이 한눈에 들어왔다.
어둠이 내려앉은 장원에는 군데군데 화톳불이 피워져 있고, 화톳불 사이를 경비무사들이 절도 있는 걸음걸이로 오가고 있었다.
사도무영은 바람이 화톳불을 흔드는 틈을 타 고목 위에서 내려왔다. 그러고는 흔들리는 그림자를 이용하면서 유령처럼 장원 안으로 스며들었다.
그 뒤를 장막심과 양류한이 바짝 긴장한 채 따라갔다.
한데 두 채의 건물을 지나 일천 평은 됨직한 넓은 연무장 앞에 도달했을 때였다.
사도무영이 더 나아가지 못하고 그 자리에 갑자기 멈춰 섰다.
『왜 그런가?』
장막심이 의아해하며 물었다.

사도무영이 장막심과 양류한에게 전음으로 빠르게 소리쳤다.

『뒤로 빠지십시오! 최대한 빠르게 이곳을 빠져나가야 합니다! 어서요!』

어찌나 다급한 목소린지 장막심과 양류한은 일단 그의 말대로 움직이고 봤다.

하지만 그들이 서너 걸음을 채 옮기기도 전이었다.

스스스스……

묵직한 기운이 사방에서 해일처럼 밀려들었다.

심장을 짓누르는 거대한 압박감!

두 사람은 그제야 사정을 깨닫고 홱, 고개를 돌려 사도무영을 바라보았다.

순간 사도무영의 목소리가 다시 고막을 울렸다.

『뭐합니까! 빨리 가요!』

『아우는? 우리도 함께 싸우겠네.』

『사도 형, 우리만 갈 수는 없소.』

『제 걱정 말아요! 두 분이 없으면 어떻게든 빠져나갈 수 있으니까! 보강으로 가서 수라곡 사람들과 함께 남장으로 가요!』

사실이 그랬다. 두 사람도 그걸 모르지 않았다.

빌어먹을!

공연히 고집을 피웠다는 후회감이 밀려들었다. 자신들이 없었다면 사도무영은 이미 이곳을 벗어나고 있을 텐데!

아니, 어쩌면 걸리지 않았을지도 모르지.

그러나 이제 와서 후회해 봐야 아무 소용도 없는 일. 자신들이 할 수 있는 일은 오직 하나밖에 없었다.

『가세! 우리가 없어야 아우가 마음대로 움직일 수 있을 거네.』

장막심과 양류한은 전력을 다해 땅을 박찼다.

그때였다. 연무장 건너편 전각의 문이 열리고 중후한 목소리가 흘러나왔다.

"들어올 때는 마음대로 들어왔을지 몰라도, 나갈 때는 너희들 마음대로 나갈 수 없을 것이다."

그와 동시, 장막심과 양류한이 신형을 날린 곳에서 싸늘한 코웃음이 터져 나왔다.

"흥! 쥐새끼들이 어딜 가려고!"

땅속에서 갑자기 철창이 솟구치기라도 한 것처럼 십여 줄기의 그림자가 솟아오르며 두 사람의 앞을 가로막았다.

장막심과 양류한은 날아가는 자세 그대로 그림자를 향해 검을 뻗었다.

쩌저저정!

적막감이 흐르던 벽검산장의 하늘에 날카로운 소음이 울려퍼졌다.

장막심과 양류한은 더 이상 나아가지 못하고 뒤로 튕겨졌다.

두 사람을 막았던 자들 역시 뒤로 날아갔다.

하지만 곧 다른 자들이 그 자리를 메우며 두 사람의 앞을 틀어막았다.

"쥐새끼들이 제법이구나!"

한 사람이 앞으로 나오며 냉랭하게 소리쳤다.

그 순간이었다.

사도무영이 장막심과 양류한의 머리 위를 넘어서 날아갔다.

앞으로 나선 자는 가소롭다는 표정을 지은 채, 날아오는 사도무영의 앞을 가로막으며 검을 뻗었다.

사도무영이 장막심이나 양류한과 별 차이가 없을 거라 생각한 것이다.

치명적인 판단착오라는 것도 모른 채!

쾅!

도검이 정면으로 부딪치고, 굉음이 천공에 메아리쳤다.

"크윽!"

사도무영을 막았던 자가 이 장 밖으로 튕겨져 나뒹굴었다.

사도무영은 거기서 멈추지 않고 십여 명의 무사들 속으로 뛰어들었다.

『형님! 양 형! 빨리 가요!』

전음이 고막을 흔들자, 두 사람은 엉덩이에 불붙은 사람 마냥 전방을 향해 몸을 날렸다.

사도무영의 앞을 막던 자들 셋이 순식간에 쓰러지면서 구멍이 뚫렸다.

장막심과 양류한은 이를 악물고 그 틈을 파고들었다.

앞을 막는 자들이 서너 명으로 줄어든 상태. 그 정도는 그들이 처리할 수 있었다.

상황이 예기지 못한 방향으로 흐르자, 사방에서 노성이 터져 나왔다.

"놈들을 막아라!"

"여기가 어딘 줄 알고 감히!"

까마귀 떼가 날아들듯이 수십 명의 무사가 세 사람을 향해 날아들었다.

사도무영은 일순간에 아수라구도식 중 삼초를 펼치며 도기를 흩뿌렸다.

어둠이 갈기갈기 찢어지며 도광이 삼 장 전방을 뒤덮었다.

날아들던 자들은 사도무영의 도세에 실린 예리함을 단번에 느끼고 안색이 급변했다.

따다당! 쩌정!

무사 일곱이 사도무영의 도세에 부딪치며 거꾸로 튕겨졌다.

그 사이 장막심과 양류한은 십여 장을 벗어났다. 포위망의 경계를 통과한 것이다.

그때 사도무영과 두 사람 사이로 벽검산장의 무사 대여섯 명이 내려섰다.

사도무영이 그들을 향해 도를 겨누었다.

가공할 기세가 도첨에서 뻗어나갔다.

등을 보이면 당장 몸이 갈라질 것 같은 느낌!

장막심과 양류한을 쫓으려던 자들은 흠칫하며 몸을 돌렸다.

비록 숨 한 번 쉴 시간에 불과했지만, 그 바람에 오 장의 간격이 더 벌어졌다.

이제 담장까지 남은 거리는 십여 장 정도. 두 사람은 터질 것 같은 심장을 억누르고 전력을 다해 신형을 날렸다.

담장이 가까워질수록 미칠 것 같았다.

도움이 될 수 있을 거라 생각하고 따라왔다. 적어도 폐가 되지는 않을 거라 자신했다.

그런데 도주하는 것만이 최선의 상황이라니!

목숨을 걸고 싸워서 해결될 문제라면 얼마든지 목숨을 내놓을 용의가 있거늘, 그럴 수도 없었다. 사도무영마저 위험해질지 모르는 것이다.

'크흑! 미안하네, 아우!'

'젠장! 제기랄! 내가 겨우 이 정도였단 말인가!'

뒤늦게 포위망에 가담한 자들이 소리치며 두 사람을 쫓아갔다.

"놈들을 잡아라!"

"놓치지 마!"

사도무영도 그들까지는 막지 못했다. 이미 수십 명이 그를 둘러싼 상태였다. 게다가 나중에 나타난 자들 중에는 함부로 무시할 수 없는 고수들이 몇 끼어 있었다.

그들은 사도무영의 강함을 인정하고, 때론 네 명이, 때론 여섯 명이 검진을 펼치며 사도무영의 움직임을 차단했다.

사상진과 육합진이 복합된 검진은 사도무영이라 해도 당장 빠져나가기가 쉽지 않았다. 위협을 느낄 정도도 아니었지만.

사도무영은 상대의 공세를 막으며 검진의 축을 찾았다.

전력을 다한다면 굳이 축을 무너뜨리지 않아도 검진을 깨뜨릴 수 있었다. 그러나 아직은 자신의 모든 것을 내보일 때가 아니었다.

쩌저정! 콰광!

병장기 부딪치는 소리와 굉음이 장원을 울리면서 순식간에 칠초의 공방이 오갔다.

벽검산장의 무사들은 사도무영의 도에서 도광이 벼락처럼 뻗칠 때마다 대경하며 뒤로 물러섰다.

그 와중에 사도무영은, 수라곡이 왜 그렇게 힘없이 무너졌는지 이해되었다. 무사들의 검을 보고 벽검산장의 진정한 정체를 짐작한 것이다.

'용검회의 검이 분명해!'

그랬다. 사도무영의 강력한 도세를 접한 벽검산장의 무사들이 무의식중에 용검회의 특징이 배인 검을 펼친 것이다.

하지만 그로 인해서 의문이 하나 더 생겼다.

'그런데 왜 그렇게 은밀하게 움직인 거지? 세상으로 나갈 발판이 필요했다면, 오히려 자신들의 행위임을 드러내야 하는 거 아닌가?'

그때였다.

"참으로 놀라운 놈이로구나!"

한 사람이 연무장 쪽에서 다가오며 분노와 감탄이 뒤범벅된 목소리로 말했다. 동방효였다.

그가 다가오자, 벽검산장의 무사들은 공격을 늦추고 포위망을 더욱 완벽히 갖추었다.

사도무영은 우뚝 서서 동방효를 바라보았다.

'고수!'

북궁마야만은 못했다. 그래도 구천신교 여덟 종파의 종주들이나 전대 원로들에 비해서는 조금도 뒤지지 않는 자였다.

사도무영은 동방효가 오 장 앞까지 다가온 후에야 입을 열었다.

"정작 놀란 사람은 저인 것 같습니다만."

"무엇 때문에 말인가?"

"벽검산장에서 용검회의 검을 봤는데 어찌 놀라지 않겠습니까?"

순간, 동방효의 눈에서 한광이 번뜩였다.

"그걸 어찌 자신하는가?"

"일전에 용검회 사람들과 검을 나눈 적이 있지요. 당시 저와 검을 맞댄 그분은 자신을 사공진이라 했습니다만, 아실지 모르겠군요."

동방효의 안색이 급변했다.

"네가 어떻게 그를……."

일단 상대의 반응으로 벽검산장이 용검회와 관련된 곳이라는 것만큼은 확실해졌다. 또한 옥룡주 사건과도.

사도무영은 그 일을 빌미로 시간을 끌었다. 자신이 시간을 끄는 만큼 장막심과 양류한이 안전해질 테니까.

"사실 벽검산장이 혹시 용검회와 관련된 곳이 아닐까 짐작만 하고 왔지요. 그런데 확실한 것 같으니 정말 다행입니다. 물어볼 게 있어서 사공진이란 분을 찾고 있었는데 말입니다."

자신조차 진실처럼 들릴 만큼 완벽한 거짓말이었다.

'이거 이러다가 거짓말이 입에 붙겠군.'

동방효는 반신반의하는 표정으로 반문했다.

"그에게 뭘 물어보겠다는 것이냐?"

"옥룡주에 대한 것입니다. 귀하도 아실 거라 생각합니다만."

동방효의 안색이 다시 한 번 변했다.

임무에 실패하고 돌아온 사공진이 한 사람에 대해 말한 적이 있었다.

큰 키, 한 자루 서슬 퍼런 보도, 이제 이십 대 초반의 나이. 앞에 있는 놈과 똑같았다.

"혹시 네가 청운표국의 임시표사?"

"역시 알고 계셨군요. 그럼 이제 좀 더 솔직하게 이야기를 나눠보지요."

"솔직해지자? 무엇을 말인가?"

"왜 옥룡주를 뺏으려 하셨습니까?"

동방효는 흔들리는 눈빛을 가까스로 안정시키고 모든 책임을 사공진에게 떠넘겼다.

"그 일은 사공진이 단독으로 저지른 짓이었다. 옥룡주가 탐났나 보더군."

"가짜라는 것을 몰랐습니까? 알았을 것 같습니다만."

"우리가 그걸 어떻게 안단 말이냐?"

"그럼 천구사의 주지는 왜 죽인 겁니까? 설마 그것도 모르는 일이라 발뺌하지는 않겠지요?"

동방효는 끝까지 부인하며 말을 돌렸다.

"나는 네놈이 무슨 말을 하는지 모르겠다. 흥, 네놈이 시간을 끌어보려나 본데 헛고생하지 마라. 지금쯤 비룡무사들이 네놈의 동료를 쫓고 있을 테니까."

사도무영은 흠칫하며 동방효를 노려보았다.

동방효는 밀리던 기세를 자신이 되찾았다 여기고 냉랭히 말했다.

"네놈의 동료를 왜 순순히 보내준 줄 아느냐? 내가 듣기로는 네놈의 동료가 이십 명쯤 된다더군. 어때? 지금쯤은 내가 무슨 말을 하려고 하는지 짐작이 가겠지?"

물론이다. 짐작하고도 남음이 있었다. 가슴 속에 불똥이 떨어진 것처럼 마음도 다급해졌다.

하지만 사도무영 역시 철저히 부인했다. 어리둥절한 표정까지 지으며.

"무슨 말인지 모르겠군요. 저와 제 동료는 용검회에 대한 것을 알아보기 위해서 제갈세가에 갔다 오는 길인데, 혹시 다른 사람들을 우리로 착각하신 거 아닙니까?"

동방효는 제갈세가란 말이 나오자 사도무영을 뚫어지게 쳐다보았다.

그러고 보니 앞에 있는 놈은 청운표국의 표사였던 놈이 아닌가. 청운표국의 표사였던 놈이 수라곡처럼 폐쇄된 세력에 갑자기 몸담았을 가능성은 열 중 한둘에 불과했다.

판단에 혼란이 온 그는 자신의 주장을 억지로 꿰맞췄다.

"네놈은 아닐지 몰라도, 네놈의 동료 두 놈은 수라곡 놈들이 분명할 것이다."

"하하하, 정말 재미있는 말씀이군요. 사천 낙산대호의 아들이 졸지에 엉뚱한 문파의 사람이 되다니 말입니다."

"낙산대호의 아들이라고?"

동방효의 눈이 커졌다.

일반 문파의 사람이라면 죽여도 문제될 것이 없었다. 그 정도 뒤처리는 충분히 할 수 있으니까.

하지만 정말 낙산대호의 아들이라면 사정이 달랐다.

사도무영이 그 점을 파고들었다.

"세상의 수많은 사람들이 궁금해 하는 벽검산장에 간다니까, 호기심이 동해서 따라온 것뿐이지요."

그때 장막심과 양류한을 쫓으려 했던 자들 중 중년인 하나가 이마를 찌푸리며 말했다.

"이제 생각해 보니, 아까 도주한 젊은 놈의 검법이 낙산대호 양원정의 낙류검법이었습니다, 단주."

동방효의 표정이 구겨졌다.

용검회에서는 지난 수백 년간 천하의 수많은 검법을 연구했다. 사천의 거두 낙산대호의 낙류검법도 예외가 아니었다. 잘못 봤을 리가 없었다.

잠깐 망설이던 동방효는 옆에 있는 자에게 명을 내렸다.

"손을 쓰지 말라 하고, 그대가 가서 직접 확인하도록 하라. 그리고 관 당주는 순찰망을 강화하도록 하게. 수라곡 놈들이 소란을 틈타 엉뚱한 짓을 할지 모르니까."

"예, 단주."

두 사람은 즉시 수하들을 데리고 연무장을 떠났다.

그리고 곧 뒤쪽에서 폭죽을 매단 화살 세 개가 연속으로 허공 높이 솟구쳤다.

펑! 펑! 펑!

어두운 하늘에서 각기 색이 다른 불꽃이 요란한 폭음과 함께 퍼졌다.

사도무영은 그들의 명령 전달방식을 보고 감탄을 금치 못했다.

그러나 무표정을 유지한 채 동방효를 주시했다.

"용검회가 뭐가 두려워서 벽검산장이라는 껍데기를 뒤집어쓰고 있는지 모르겠군요."

"세상에는 네놈이 이해할 수 없는 일이 비일비재하니라."

"그건 그렇다 치고……, 여기까지 왔는데, 회주님을 만나게 해주실 수 있겠습니까?"

동방효의 입가에 비릿한 조소가 맺혔다.

"산꼭대기에서 낚시를 드리울 놈이군."

사도무영의 눈 깊은 곳에서 의혹이 떠올랐다.

누가 산꼭대기에서 낚시를 하랴. 그 말인 즉 엉뚱한 곳에서 헛고생하지 마라는 뜻이다.

그가 슬쩍 찔러보았다.

"아, 총단이 따로 있나 보군요. 미처 몰랐습니다."

동방효의 안색이 급변했다.

"쓸데없는 소리 말고 도를 내려놓아라. 그럼 조사해 보고, 죄가 없다면 본회의 무사를 해친 것과 상관없이 살려주겠다."

"살려주겠다? 하하하하!"

대소를 터트린 사도무영은 허공으로 솟구쳤다.

명령이 전달된 이상 추적이 느슨해졌을 것이다. 다시 살명(殺命)을 내리기도 쉽지 않을 것이고.

설령 작심하고 신호를 보낸다 해도 혼란만 가중될 터, 이제 자신이 떠나야 할 때였다. 큰 것을 얻지는 못했지만 작은 수확은 거두었으니 아쉬울 것도 없었다.

포위망을 구축한 사람의 수가 백 명을 넘어선 상황. 세 겹으로 된 포위망은 절대고수도 빠져나갈 수 없을 만큼 완벽했다. 더구나 적은 한 사람이 아닌가.
 상황이 그렇다 보니 벽검산장 무사들도 긴장이 풀어진 상태였다.
 사도무영은 그 점을 이용했다. 신경이 곤두선 백 명보다 방심한 천 명의 적을 상대하는 게 쉬운 법. 그는 눈 깜짝할 사이에 십여 장을 날아가 두 겹의 포위망을 벗어났다.
 "어림없는 짓! 놈을 잡아라!"
 동방효가 눈을 부릅뜨고 냉랭히 소리쳤다.
 바로 그 순간, 사도무영의 신형이 어둠속으로 녹아들었다.
 대경한 벽검산장의 무사들은 사도무영이 날아간 곳을 쳐다보며 소리쳤다.
 "헛! 놈을 놓치지 마라!"
 하지만 사도무영은 어둠으로 스며든 동시에 허공에서 좌측으로 방향을 틀었다. 밖으로 나간 것이 아니라 거꾸로 안쪽으로 들어간 것이다.
 순간적인 방향 이동은 사람들의 눈에 착시현상을 가져왔다. 더구나 사도무영이 안쪽으로 들어갈 거라고는 생각도 못한 터라 당황한 목소리가 여기저기서 터져 나왔다.
 "놈이 사라졌다!"
 "땅에 내려설 수밖에 없으니 한시도 시선을 떼지 마라!"

그 사이 사도무영은 십오 장을 날아가 좌측 건물의 처마를 박차고 다시 어둠 속을 유영했다.

 경공술에 대해선 망혼진인조차 두 손 두 발을 다 든 사람이 바로 사도무영이었다. 싸워서 포위망을 뚫는 것이라면 몰라도, 단순 도주라면 그의 앞을 막을 사람이 천하에 없다 해도 과언이 아니었다.

 '오늘은 그냥 가지만, 다음에는 결코 그냥 가는 일이 없을 것이다!'

 각오를 다진 그는 다시 한 번 도약하며 건물 하나를 넘어섰다.

 바로 그 순간이었다.

 "이놈! 여기가 네놈의 놀이터인 줄 아느냐!"

 노성이 귀청을 울리는가 싶더니, 두 줄기 가공할 기세가 좌우에서 밀려들었다.

 고오오오오!

 '웃!'

 태산을 쪼개고 하늘을 뚫을 만큼 엄청난 위력이 담긴 검세!

 피하기에 이미 늦었다 생각한 사도무영은 우측을 향해 아수라구도식 중 수라단천을 펼치고, 좌측을 향해 풍뢰수를 펼쳤다.

 쩌적! 콰르르릉!

 천둥치는 소리와 함께 세 사람의 신형이 뒤로 튕겨졌다.

 그리고 충격의 여파를 견디지 못한 건물 한쪽이 와르르 무너져 내렸다.

사도무영은 목이 콱 막힌 느낌을 꾹 참고 전면을 노려보았다.

그를 막은 사람은 두 명의 노인이었다. 눈초리가 치켜 올라간 동방주승과 얼굴이 둥근 노인, 동방주공.

두 노인은 사도무영과 일 검을 겨루고 경악을 금치 못했다.

엉겁결에 두 사람이 함께 손을 썼다. 그것도 기습에 가까운 공격이었다. 그것만으로도 자존심이 상하는데, 별 이익을 보지 못하다니.

"이, 이런 개 같은 경우가 있나!"

"참으로 놀라운 놈이로구나. 네놈의 이름이 무엇이더냐?"

사도무영은 일일이 대답해줄 만큼 마음의 여유가 없었다. 소리를 들은 자들이 곧 몰려올 것이었다.

도를 움켜쥔 그는 용천풍을 펼치며 두 노인을 향해 쇄도했다. 전신에선 자연스럽게 회천무벽의 기운이 휘돌았다.

두 노인의 표정이 굳어졌다.

일 검을 겨루면서 이미 사도무영의 무위가 자신들의 아래가 아님을 깨달은 터. 그들은 신중을 기해 사도무영의 공격을 막았다.

쾅!

먼저 사도무영의 도강과 동방주승의 검강이 다섯 자의 거리를 둔 채 부딪쳤다.

사도무영은 동방주승의 검과 부딪친 반탄력을 이용해 동방주공 쪽으로 날아갔다.

동방주공은 조금도 당황하지 않고 검을 뻗었다.

그의 검첨에서 한 마리 청룡이 솟구쳤다.

사도무영은 청룡을 향해 수라파천을 펼쳤다.

번쩍! 콰과광!

청룡이 산산이 찢겨져 사라지고, 청석이 깔려 있는 땅거죽이 통째로 들썩였다.

동방주공은 주르륵 밀려난 뒤 건물 기둥에 등을 부딪쳤다.

와직!

기둥이 수수깡처럼 부러지며 건물이 무너질 것처럼 뒤흔들렸다.

사도무영 역시 뒤로 일 장 가량 밀려난 뒤 겨우 몸을 세우고는, 곧바로 동방주승을 향해 신형을 날렸다. 동시에 그의 좌수 오지에서 다섯 줄기의 지풍이 벼락처럼 쏘아졌다.

상대의 도만 경계하고 있던 동방주승의 눈이 홉떠졌다.

그는 반사적으로 몸을 뒤로 눕히면서 회천지를 피해냈다.

그 순간, 사도무영은 땅을 박차고 건물 위로 날아갔다.

속이 울렁거렸다. 기혈이 들끓었다. 하지만 한순간도 멈칫할 시간이 없었다.

연무장 쪽에 있던 무사들은 물론이고, 사방에서 백여 명의 무사들이 성난 이리떼처럼 몰려온다. 그들에게 포위되면 안 되었다.

"놈이 저기 있다!"

"앞을 가로막아라!"

지붕을 타고 질풍처럼 내달린 사도무영은 건물 두 채를 순식간에 가로질렀다.

자신이 처음 들어왔던 곳과 전혀 다른 방향이었다.

앞쪽에 무엇이 있는지도 확실치 않았다. 하지만 앞으로 가다 보면 언젠가는 담장이 나올 수밖에 없을 것이었다.

휘이익!

지붕을 박찬 그는 단숨에 십오륙 장을 날아갔다. 독수리가 어둠을 뚫고 날아가는 듯했다.

한데 그가 막 건너편 건물 지붕에 내려선 순간, 전방에 거짓말처럼 한 사람이 나타났다.

사도무영은 멈추지 않고 그대로 쇄도했다.

전방에 나타난 자는 칠순 가량의 노인이었다. 검을 들고 고요히 서 있는 모습에서 엄청난 기운이 느껴지는 노인.

연무장에서 만난 중년인이나 좀 전의 두 노인보다 강할 것 같다.

이를 악문 그는 도를 거두고 노인을 향해 날아갔다.

아수라구도식으로 상대할 수 있는 자가 아니었다. 아수라무광일도단천식을 펼친다면 승산이 있을지도.

하지만 노인을 이긴다 해도 끝날 상황이 아니라는 게 문제였다. 공력 소모가 심하면 빠져나가기가 더욱 어려워질 테니까.

쏴아아아!

회천무벽이 가미된 용천풍으로 인해, 날아가는 그의 몸 주위에서 회오리바람이 일었다. 동시에 쥐었다 편 그의 두 손에서 청광이 일렁였다.

노인, 동방주천은 자신을 향해 무모하리만큼 직선으로 날아드는 사도무영을 보고 검을 들어올렸다. 무기를 거둔 것이 의아했지만, 깊게 생각할 여유가 없었다.

그는 상대가 적수공권임에도 결코 무시하지 않았다.

자신의 두 동생을 뚫고 온 자였다. 그것도 정면대결을 벌이고서.

도를 거두었다면 그만한 이유가 있겠지.

그렇게 생각한 그는 검에 흑룡검기의 기운을 운집했다.

찰나, 그의 검첨에서 묵룡이 꿈틀거리며 기지개를 켰다.

용틀임을 하며 자라난 묵룡은 동방주승이나 동방주공의 검에서 피어오른 청룡보다 훨씬 컸다.

일순간! 날아가는 사도무영의 두 손에서 뇌전의 폭풍이 터져 나왔다.

풍뢰수가 구성의 공력으로 펼쳐진 것이다.

콰르르릉!

동방주천은 폭풍처럼 밀려드는 뇌전을 향해 검을 뻗었다.

묵룡이 발톱을 내세우며 뇌전을 후려쳤다.

쩌저저적! 콰과광!

화탄이라도 떨어진 것처럼 기왓장이 산산이 부서진 채 사방으로 비산했다.

사도무영은 상대의 눈에 보이지도 않는 검세를 풍뢰수로 일일이 걷어내고는, 어느 순간 풍뢰수를 건곤무영인으로 변화시켰다.

두 손을 휘돌리자, 하늘과 땅이 뒤집히며 두 손이 사라지고 시퍼런 강기의 회오리만 일렁였다.

동시에 가공할 반탄력이 묵룡을 밀어냈다.

생각지도 못한 변화에 동방주천의 안색이 대변했다.

한계를 넘어선 사람에게는 적수공권이든, 손에 무기가 들려 있든 아무 의미가 없었다. 때로는 오히려 적수공권이 더 무서울 수도 있었다. 무기가 없는 만큼 변화에 자유로울 수 있기 때문이다.

바로 눈앞에서 펼쳐지는 공세처럼!

그는 검을 좌우로 흔들며 뒤로 물러났다.

한데 바로 그때였다. 아무것도 없던 수강의 회오리 속에서 투명한 손이 튀어나왔다.

동방주천은 검을 휘둘러 상대의 투명한 손을 잘라냈다. 하지만 투명한 손은 유령의 손인 양 두 쪽으로 잘리고도 멈추지 않았다.

생각지도 못한 상황. 동방주천의 입에서 헛바람 빠지는 소리가 났다.

"헛!"

동시에 투명한 손이 동방주천의 가슴에 틀어박혔다.

쾅!

"크윽!"

동방주천이 신음을 토해내며 뒤로 날아갔다.

두 쪽으로 잘려서 위력은 온전치 못했다. 그러나 그 정도 위력만으로도 바위를 부술 정도는 되었다.

이 장이나 뒤로 날아간 동방주천은 겨우 중심을 잡고는, 이를 악물고 검을 들어올렸다.

"어이가 없구나, 천하에 너 같은 놈이 있었다니……."

허탈감마저 느껴지는 목소리.

사도무영은 그를 더 공격하지 않았다. 공격할 시간이 없었다.

"아버님! 이놈!"

이십여 장 떨어진 곳에서 분노에 찬 목소리가 들렸다.

귀가 윙윙거릴 정도의 거력이 실린 목소리!

노인 못잖은 고수다. 그가 온다면 빠져나가기가 쉽지 않을 터. 사도무영은 지체하지 않고 신형을 날렸다.

심장이 터질 것처럼 뛰었다.

목구멍에서 핏덩이가 쏟아질 것 같았다.

하지만 그는 멈추지 않고 전력을 다해 그곳을 벗어났다.

사도무영은 벽수산 깊은 계곡으로 들어간 후에야 걸음을 멈추었다.

느릿하니 숨을 들이쉰 그는 들끓는 기혈을 다스렸다. 대주천을 행해서 내상을 제대로 손봐야 하지만 지금은 그럴 상황이 아니었다. 놈들이 언제 쫓아올지 몰랐다.

'그나마 이 정도로 그친 것도 다행이군.'

잠시 기혈을 다스린 사도무영은 자리에서 일어났다.

산 아래쪽에서 은밀한 움직임이 느껴졌다. 벽검산장에서 수색에 나섰다는 뜻. 더 이상 머물 시간이 없었다.

5.

장막심과 양류한은 벽검산장을 빠져나오자마자 곧장 수라곡 사람들이 기다리는 곳으로 향했다.

놈들은 자신들을 기다리고 있었다. 자신들의 움직임이 고스란히 드러나 있다는 말. 수라곡 사람들도 벽검산장의 공격을 받았을지 몰랐다.

하지만 그들은 벽검산장에서 백 장을 벗어나면서부터 이상한 느낌이 들었다.

마치 등줄기를 타고 송충이가 기어가는 기분.

자신의 뒤에 귀신이 따라온다면 이런 기분일까 싶었다.

양류한이 먼저 그 느낌의 정체를 눈치채고 전음을 보냈다.

『뒤에 꼬리가 붙은 것 같습니다.』

『제길, 어쩐지……. 어떻게 했으면 좋겠나?』

『공격하지 않고 뒤만 쫓아온다는 말은 아직 숨어있는 사람들이 발각되지 않았다는 말이 아니겠습니까? 당장 공격할 것 같지는 않으니, 방향을 틀어서 저들을 끌고 다니지요.』

『좋아, 발바닥에 땀나도록 한 번 돌아다녀 보자고.』

그때 벽검산장이 있는 곳 하늘에서 폭음이 들렸다.

고개를 돌리자 파랗고, 빨갛고, 노란 불꽃이 차례대로 터지는 게 보였다.

두 사람은 그것이 무엇을 뜻하는지 알 수가 없었다. 그러나 곧 한 가지 변화를 깨닫고 불꽃이 뜻하는 바를 대충 눈치챘다.

바짝 따라붙어 있던 꼬리가 불꽃이 터진 후부터 점점 멀어지기 시작한 것이다.

『아우가 한 건 했나 보군.』

『놈들을 떨쳐내죠.』

『그럴까?』

두 사람은 태연하게 행동하며 산속으로 들어갔다. 그러다 제법 험준한 지형이 나오면서 추적자의 눈이 가려진 듯하자, 그때부터 전력을 다해 달렸다.

그들을 쫓던 자들은 모두 여덟 명이었다. 그들은 두 사람이 보이지 않자 다급하게 움직였다.

추적을 늦추라고 했지 놓아주라는 말은 없었다. 그러니 꼬리를 놓쳐서는 안 되었다.

비룡무사를 이끄는 자가 눈살을 찌푸리며 어둠을 쳐다보았다.

"제길, 할 수 없지. 지금부터 둘로 나누어서 놈들을 쫓는다. 발견하면 즉시 신호를 보내도록."

그 사이 장막심과 양류한은 어둠과 험준한 지형을 최대한 이용하며 이백 장을 내달렸다.

그리고 추적자를 떨쳐냈다는 확신이 들자 방향을 틀어 수라곡 사람들이 있는 곳으로 향했다.

바위틈에 있던 수라곡 사람들은 벽검산장에서 치솟는 신호탄을 보고 벌떡 일어났다.

"놈들에게 들킨 것 같습니다."

적도광의 말에 도담은 잠시 생각을 정리했다. 하지만 아무리 생각해도 자신들이 할 수 있는 일은 하나밖에 없었다.

"접근해서 자세한 상황을 알아봐야 할 것 같소."

적도광과 추강도 도담의 의견에 찬성했다.

사도무영이 위험에 처했을지도 모르는데, 하염없이 이곳에서 기다리고만 있을 수는 없는 일이었다.

바로 그때 누군가가 그들이 있는 곳으로 다가왔다.

신경이 곤두선 그들은 바위에 바짝 몸을 밀착시키고 전면을 주시했다.

넝쿨 너머에서 속삭이듯 작은 목소리가 들렸다.

"아직 그곳에 있소?"

도담은 목소리의 주인이 장막심임을 알고 나직이 대답했다.

"그렇습니다."

곧 넝쿨이 젖혀지고 두 사람이 들어왔다. 사도무영은 보이지 않았다.

"령주께선 아직 저곳에 계십니까?"

적도광이 벽검산장 쪽을 바라보며 물었다.

장막심은 씁쓸한 표정을 지은 채 상황을 설명해주었다.

"……결국 그 바람에 우리가 먼저 빠져나와야만 했소."

"그럼 어떻게 하실 겁니까? 계속 여기서 기다려야 합니까?"

"아우는 즉시 이곳을 떠나 보강으로 가라고 했소. 놈들의 추적이 있을 거라 생각한 것 같소. 일단 갑시다, 추적대가 언제 여기를 발견할지 모르니까."

"령주님을 놔두고 우리만 간단 말입니까? 그럴 순 없습니다."

장막심은 적도광을 노려보았다.

그러잖아도 자신에게 참을 수 없을 만큼 화가 나있는 상태였는데, 그 말을 듣자 머리가 후끈 달아올랐다.

―당신은 령주님을 놔둔 채 도망쳤을지 몰라도 우리는 그러지 않을 거요.

그렇게 자신을 비웃는 것처럼 들린 것이다.

그는 적도광의 코앞까지 얼굴을 바짝 내밀고 으르렁거리듯 말했다.

"우리도 오기 싫었어. 하지만 올 수밖에 없었지. 왜 그런지 알아? 그게 아우를 돕는 길이었거든. 뭔 말인지 알아듣겠어?"

어둠속에서 파르르 떨리는 눈빛에 자책감이 가득하다.

적도광은 장막심의 마음을 알고 고개를 숙였다.

"죄송합니다, 장 형을 추궁하려던 건 아니었습니다."

장막심은 적도광을 다그친 자신이 한심하기만 했다.

적도광으로선 당연히 할 수 있는 말이었다. 아마 자신이었어도 그리 말했을 것이다. 그런데도 화를 낸 것은, 모두 자신 때문이었다.

실력도 없으면서 똥고집만 피우다가 아우를 위험에 빠뜨린 못난 놈!

그는 고개를 털듯이 세차게 젓고는 한숨을 내쉬었다.

"후우, 나도 알고 있소. 하도 답답하고, 내 자신이 한심해서 한 소리니 신경 쓰지 마쇼."

그때 묵묵히 서 있던 도담이 물었다.

"추적자가 얼마나 됩니까?"

"확실히는 잘 모르겠소."

장막심이 미간을 좁히며 고개를 젓자 양류한이 자신의 생각을 말했다.

"저들은 우리가 올 거라는 걸 알고 있었습니다. 아마 숫자가 몇인지도 대충은 알고 있었겠지요. 그렇다면 그에 맞춰서 사람들을 보냈을 겁니다."

"그럼 놈들이 오기 전에 빨리 움직입시다."

도담은 더 생각할 것 없다는 듯 바위틈의 입구 쪽으로 걸어갔다. 장막심이 서운하게 느낄 정도로 냉정한 행동이었다.

하지만 그에게는 그럴 만한 이유가 있었다.

'누구도 그를 정확히 모른다. 내가 아는 그는 그런 사람, 우리가 그를 걱정한다는 게 우스운 일이지.'

그러니 결정한 이상 미련을 남길 이유가 없는 것이다.

제3장
폭풍(暴風)의 계절(季節)

1.

 여주에서 동남쪽으로 이십 리 떨어진 곳. 산세가 완만하게 흐르는 산자락 아래에 수십 채의 고루거각이 솟아 있으니, 그곳이 바로 정도문파의 연합세력인 정천맹이었다.
 정천맹의 구조는 사람들이 생각하는 것처럼 복잡하지 않았다.
 맹주와 부맹주, 군사, 스물두 명의 장로, 용호이단과 정천오당(正天五堂), 멸마십이대(滅魔十二隊)가 기본조직이었고, 무사들의 숫자는 모두 일천오백 정도였다.
 거기에 비상시 모집되는 일천 명의 정천단(正天團)이 더해지면 이천오백이나 되었다.
 하지만 그들은 평상시 각파에 머물고 있으니 정천맹 기본

인원에는 들어가지 않았다.

맹도들이 거주하는 정천맹 내의 건물은 모두 서른세 채.

그 중 맹주가 머무는 곳은 정천맹 내에서도 가장 깊은 곳에 있는 정검전(正劍殿)으로, 천하를 아우르는 대소사가 곧잘 그곳에서 결정되곤 했다.

한데 금방이라도 눈이 내릴 것처럼 하늘이 뿌연 십일월의 어느 날이었다. 맹주전인 정검전의 회의실에 십여 명이 심각한 표정으로 둘러앉았다.

당대 맹주인 화산의 청무진인을 비롯해서, 정천맹의 대소사를 관장하는 간부들과 장로들이었다.

어떤 일에도 쉽사리 흔들리지 않는 정심을 지닌 그들이거늘, 무엇에 놀랐는지 모두가 격동한 표정을 짓고 있었다.

"그게 무슨 말이오, 군사? 구천신교의 종파 중 한 곳이 멸망했다니?"

얼굴이 화기가 도는 예순 가량의 노승이 군사인 제갈현종을 바라보며 물었다. 둥근 얼굴에 맑은 눈빛의 노승, 그는 정천맹의 장로인 소림의 요운대사였다.

"입구의 연못에서 수십 구의 시신을 발견하고 동굴을 통해 안쪽으로 들어가 봤다고 합니다. 동굴이 끝나자 은밀한 계곡이 나왔는데……."

제갈현종은 급전으로 전해진 서찰의 내용을 자세히 설명해주고는, 미간을 좁히며 이야기를 마무리 지었다.

"불에 탄 건물 속에는 뼈만 남은 시신이 무수히 많았는데, 적어도 수백 명은 될 것이라 합니다."

그의 이야기가 끝나자, 무당의 소진도장이 기다렸다는 듯 물었다.

"대체 누가 그들을 멸망시킨 거라 보시오?"

"그걸 모르겠습니다. 샅샅이 조사해 보라 했으니 곧 어떤 소식이 올 것입니다."

"흠, 좌우간 잘됐구려. 어쨌거나 구천신교의 수족 중 하나가 없어졌으니 그들의 기세도 약해질 수밖에 없을 것 아니겠소이까?"

괄괄한 성격으로 유명한 팽가의 장로 팽도산이 뻣뻣한 수염을 쓰다듬으며 말했다.

일견 당연한 생각이었다. 장로와 간부들 대부분도 마찬가지 마음이었다.

하지만 제갈신운 만큼은 뒤꿈치에 개똥이라도 묻은 것처럼 께름칙한 마음을 지울 수가 없었다.

오호단도 입구에서 돌아올 수밖에 없었다. 그런데 누가 그들을 멸망시켰단 말인가?

그와 달리 다른 사람들은 모두 표정이 밝았다. 청무진인도 예외가 아니었다.

"일단은 구천신교의 종파 하나를 무너뜨린 자들이 누군지, 그걸 알아내야 할 것 같소. 본 맹과 같은 길을 걷는 자들이라면 손을 잡을 수도 있는 일 아니겠소?"
 청무진인의 말에 너도나도 찬성했다.
"괜찮은 생각입니다, 맹주."
"그들이 한 팔을 거들어준다면, 최근 급격히 발호하는 마도세력들을 보다 쉽게 누를 수 있을 것입니다."
"아미타불, 사필귀정이라, 하늘도 마도세력이 흥하는 걸 원치 않나 봅니다 그려."
 제갈신운은 장로들이 웅성거리며 말하는 걸 가만히 듣기만 했다.
 '그들이 과연 우리와 손을 잡을까?'
 그럴 수도 있었다. 구천신교와 적이 된다는 것은 마도와 적이 된다는 뜻. 정천맹과 손을 잡지 못할 이유가 없었다.
 하지만 상식대로만 흐르지 않는 게 세상일이었다.
 '그런데 그들은 왜 자신들의 정체를 드러내지 않았을까?'
 자신의 느낌이 잘못되지 않았다면, 그들은 정체를 고의로 숨겼다. 게다가 정천맹에 일언반구도 없었다. 서로 손을 잡고 힘을 보탰으면 피해도 줄이고, 생색도 낼 수 있었을 텐데.
 그는 그것이 의문이었다. 하지만 그 말을 내뱉지는 않았다.
 장로와 간부들은 걱정거리인 구천신교가 누군가에게 혼쭐났다는 것에 즐거운 모습이었다. 그 즐거움을 방해해 봐야 좋은 소리가 나올 리 없었다.
 제갈신운은 장로들의 웅성거림을 들으며 찻잔을 입에 댔다.

'모두가 너무 쉽게 생각하고 있어. 숙부조차도.'

찻잔을 내려놓은 그는 자리에서 일어났다.

"할 일이 있어 먼저 일어나 봐야 할 것 같습니다."

사람들은 수라곡의 괴멸에 고무되어서 그에게 별다른 신경을 쓰지 않고 건성으로 말했다.

"좋을 대로 하게나."

"수고하시게."

정검전을 나온 제갈신운은 자신의 거처로 가지 않았다.

중간에서 방향을 튼 그는 정천맹의 정보를 책임지고 있는 정첩당으로 향했다.

아무래도 마음에 걸리는 게 너무 많았다. 정첩당이라면 자신의 께름칙함을 풀 수 있는 단서가 있을지 몰랐다.

잠시 후.

제갈신운은 정첩당주 황보민이 내민 보고서를 세세히 살펴보았다. 호북에 대한 보고서는 그 높이만도 한 뼘이나 되었다.

읽는 둥 마는 둥 서신을 옆으로 젖히던 그의 손이 어느 순간 갑자기 멈췄다.

옆에서 보면 서신의 장수를 세는 것처럼 보일지 몰랐다. 그러나 그는 서신의 내용을 거의 전부 읽던 중이었다. 그런데 오래전부터 궁금해 하던 내용 하나가 서신에 적혀 있는 것이다.

서신을 다시 한 번 천천히 읽어본 그가 고개를 들고 황보민을 바라보았다.

"벽검산장에서 싸움이 벌어졌다고?"

"예, 단주. 누가 침입한 모양입니다."

서신의 내용대로라면, 싸움이 벌어진 시간은 이각을 넘지 않았다. 다수가 공격한 것도 아니고.

그것만 생각하면 크게 신경 쓸 것도 없었다.

하지만 제갈신운은 그 내용을 무시할 수가 없었다. 그곳이 바로 벽검산장이기 때문이었다.

제법 강한 힘을 지녔으면서도 세상일에 관여하지 않는 문파. 세상일에 관여치 않고 철저히 자신들만의 세계에서 살아가는 자들이 사는 곳. 그게 일반적으로 알려진 벽검산장이었다.

그러나 호북의 누구도 그들을 무시하지 못했다.

심지어 제갈세가나 무당파, 수월산장이나 마령곡도 그들과 싸우는 걸 꺼려했다. 숫자는 많지 않지만, 하나하나가 고수들만 모여 있었던 것이다.

한데 그런 곳에 소수가 침입해서 일 각 이상 싸웠다니.

누가 왜 벽검산장에 침입했단 말인가?

제갈신운은 의아해하며 다른 서신을 살펴보았다.

벽검산장의 움직임에 대한 내용이 적힌 서신이 한 장 더 있었다.

'벽검산장의 무사들이 남장과 보강을 들쑤시고 있다고?'

그 말인즉, 벽검산장에서 벌어진 일이 해결되지 않았다는 뜻이 아닌가.

제갈신운은 서신에 적힌 날짜를 보았다. 전날에 들어온 정보였다.

묘한 느낌이 들면서 가슴이 뜨거워졌다.

폭풍전야의 긴장감이 느껴진다고나 할까?

뭔가 비밀스런 일이 벌어지고 있다!

그는 직감적으로 그렇게 생각했다.

'아무래도 내가 직접 가봐야겠어.'

2.

십일월이 깊어지던 어느 날, 섬서성 한중 일대에 첫눈이 내리기 시작했다.

첫눈은, 언덕 위에 오롯이 서서 거대한 장원을 바라보는 한 사람의 머리와 어깨에 하얗게 쌓여갔다.

짙은 갈색 장포를 입고 어깨에 검은 피풍을 두른 장한.

그의 두 눈은 석상에 조각된 눈처럼 미동도 없이 장원만 주시했다.

그러던 어느 순간, 그의 입이 열렸다.

"공격 준비는?"

뒤에 서 있던 세 사람이 일제히 허리를 숙이며 답했다.

"명만 떨어지기를 기다리고 있습니다, 궁주!"
"어디 하늘의 운을 시험해 볼까?"
장한은 천천히 고개를 들어 함박눈이 쏟아지는 하늘을 올려다보았다.
허리를 깊숙이 숙였던 세 사람도 고개를 들고 하늘을 보았다.
하늘의 운을 시험한다고? 무슨 말일까?
그때 장한이 말했다.
"일각 안으로 눈이 멈추면 그 즉시 공격한다. 물론 눈이 멈추지 않으면 돌아가야겠지."
뒤에 서 있던 세 사람의 표정이 급변했다.
함박눈은 종일 내릴 것처럼 쏟아지고 있었다. 일각이 아니라 한 시진이 지나도 멈출 것 같지가 않았다.
하지만 그들은 청년의 말에 토를 달지 않았다. 눈이 멈추지 않을 경우 돌아가면 되는 것이다.
과연 눈이 일각 안에 멈출 것인가?
하늘을 쳐다보는 그들의 눈빛이 기이하게 빛났다.
하늘의 운을 시험한다 했다. 자신들이 주군으로 선택한 사람을 하늘도 선택할 것인가!
그것이 궁금했다.

일각이 흘렀다.
멈출 것 같지 않던 눈발이 조금씩 약해지는가 싶더니, 어느 순간 눈이 멈추고 눈앞이 환해졌다.

장한은 눈보다 더 하얀 웃음을 지으며 고개를 내렸다.

"시작하시오! 잔살마문을 천마궁의 이름으로 지우시오!"

뒤에 서 있던 세 사람의 몸이 잘게 떨렸다.

그들은 누가 먼저라 할 것 없이 털썩 무릎을 꿇었다.

"존명!"

"명을 받들겠나이다, 주군!"

하늘이 주군을 선택했다.

주군이 곧 하늘이다.

이제 천마궁의 세상이 열릴 것이다!

곧 몸을 일으킨 세 사람은 벌게진 얼굴로 뒤를 향해 소리쳤다.

"가자! 가서 잔살마문의 이름을 지워라, 천마궁의 형제들이여!"

일순간, 언덕 위로 백여 명의 무사들이 올라섰다.

그들은 충천하는 살기를 내뿜으며 해일처럼 장원을 향해 밀려갔다.

하얀 눈벌판 위에 먹물처럼 번져가는 검은 구름!

장한은 그 광경을 바라보며 주먹을 움켜쥐었다.

잠들어 있는 백마동(百魔洞)의 마인들을 깨운 후, 지난 보름 동안 암암리에 열두 문파를 접수했다. 그리고 천마궁을 세운 후, 마침내 마도십삼파의 하나인 잔살마문을 공격하고 있다.

천하를 향한 진정한 첫걸음!

이제 시작이었다.
'나 위지양, 천하를 발아래 두고 말 것이다!'

3.

섬서에 피바람이 불던 그날.
한 장의 서찰이 낙양의 천보장에 날아들었다. 그리고 일각도 되지 않아 천보장의 얼어붙은 하늘이 쩍쩍 갈라졌다.

천보장주 이영영에게 고하노라! 낙양과 하남 상인들의 본 궁에 대한 물품 판매 금지명령을 해제하지 않으면 참담한 경우를 당하게 될 것이다! 천보장의 하인과 가족은 물론 천보장과 관련된 모든 곳이 본 궁 무사들의 칼날 아래 피를 뿌릴 것이며……. 정천맹도 언제까지 천한 네년의 오만함을 지켜주지는 못할 것이니……. 갈기갈기 찢겨 죽기 전에 속히 본 궁주의 뜻을 따르도록 하라!

"흥! 같잖은 것들이 어디서……!"
이영영은 서신을 쫙쫙 찢고 아름다운 눈을 치켜떴다.
사도교교가 옆에서 그 모습을 보며 걱정스런 표정으로 말했다.
"엄마, 귀마궁의 잡귀들이 정말 살수를 보내서 사람들을 죽일까?"

"걱정할 것 없다. 놈들이 죄 없는 상인들을 죽이면 정천맹이 가만있을 것 같아? 그동안 상인들에게 받아먹은 돈이 얼만데? 그런 쥐새끼들은 정천맹이 두려워서라도 함부로 움직이지 못할 걸?"

"다른 사람이 한 것처럼 할 수도 있잖아. 악에 받친 놈들이 무슨 짓을 할지 누가 알아?"

이영영도 그 점은 고민이었다.

부자가 되어 사치를 부리는 것은 쉬워도 가난해져서 검소하게 사는 건 어렵다고 했다.

당장 굶으며 지내지는 않겠지만, 풍부하게 지내던 그들로선 분노가 머리꼭대기까지 솟아 있을 것이다. 악에 바친 놈들이 무슨 짓을 못할까.

풀어줄까?

아들이 돌아왔다면 그럴 수도 있었다. 하다못해 그 인간이라도 돌아왔다면…….

하지만 아직 행방조차 알려지지 않은 상황이 아닌가.

그놈들은 더 혼나봐야 돼! 그놈들 때문에 그 인간하고 무영이가 사라져 버렸잖아?

아예 이 기회에 귀마궁을 박살내버릴까? 정천맹이 조금만 도와주면 될 거 같은데…….

아냐, 내가 그놈들 때문에 그 먼 곳까지 가서 피를 볼 이유가 없지. 딸을 놔두고 가는 것도 걱정 되고.
 입술을 질겅질겅 깨물며 이런저런 생각을 하던 이영영은 밖을 향해 소리쳤다.
 "밖에 청아 있느냐? 가서 서 총관을 불러오너라!"
 "예, 장주님!"
 귀마궁을 박살내든, 뒤집어엎든 그보다 먼저 해야 할 일이 있었다.

 곧 서풍기가 이영영의 방으로 들어왔다.
 "부르셨습니까, 장주."
 "귀마궁 놈들이 살수를 보낼지 모르니 경비를 더욱 철저히 해. 그리고 사람들을 보내서 우리가 귀마궁과의 거래를 끊게 만든 곳에 무슨 일이 벌어지는지 낱낱이 살펴봐."
 "예, 장주."
 이영영은 서풍기가 밖으로 나간 후로도 한참 동안 싸늘한 눈으로 허공을 노려보았다.
 "그 인간 때문에 일이 복잡해지는군."
 사도교교가 눈을 가늘게 뜨고 짜증내듯이 말했다.
 "대체 아버지는 어디 계신 거야?"
 "흥! 어디서 잘 지내고 있겠지."
 "아버지를 찾으러 간 단학 아저씨도 연락이 없고……."
 이영영은 이마를 찌푸렸다. 이제는 단학마저도 마음에 들지 않았다.

"내가 단학의 능력을 너무 크게 평가했나?"

"쳇, 이럴 때 단학 아저씨라도 이곳에 있으면 좀 나을 텐데. 살수에 대해선 살수가 가장 잘 알 거 아냐?"

사도교교가 투덜거렸다. 옳은 말이었다.

하지만 이영영은 사도관에 대한 말이 나올수록 속이 더 끓어서 대꾸하고 싶지 않았다.

'만일 계집 품속에 빠져있기만 해봐라. 아무리 용서를 빌어도 절대 용서해주지 않을 테니까.'

4.

사도무영이 보강에 도착한 것은, 벽검산장의 일이 벌어진 지 이틀 후 오시가 될 무렵이었다.

보강에 들어선 그는 곧장 용경루로 향했다.

그런데 용경루가 있는 골목으로 막 들어가기 직전, 한쪽에서 누군가가 그를 불렀다.

"공자."

고개를 돌리자 용경루의 점소이가 보였다.

점소이가 객잔에 있지 않고 왜 밖에 있는 걸까?

의아한 그는 점소이에게 다가갔다.

곡삼은 좌우를 빠르게 둘러보더니 나직이 말했다.
"저를 따라오십시오."
왠지 불안한 표정. 사도무영은 심상치 않은 일이 벌어졌음을 직감하고 묵묵히 그를 따라갔다.
점소이는 용경루로 가지 않았다. 오히려 정 반대 방향의 골목으로 들어가더니, 이름을 알 수 없는 객잔의 뒷문으로 들어갔다.
뜻밖에도 장막심과 양류한은 그곳에 있었다.
방문이 열리자 장막심이 사도무영을 보고는 벌떡 일어났다.
"아우! 하하, 내가 무사할 줄 알았다니까."
양류한도 말을 안 할뿐 반가운 표정으로 자리에서 일어났다.
"형님, 다른 사람들은 어디 있습니까?"
"먼저 남장으로 보냈네."
"왜 용경루에 있지 않고 이곳에 있는 겁니까?"
"우리가 벽검산장에 들어간 그 날, 벽검산장 놈들이 흑사방을 들쑤신 것 같네. 그 바람에 용경루도 호되게 당한 모양이더군. 우리가 도착했을 때는 이미 모든 상황이 끝나 있었는데, 심하게 손을 쓰지 않은 걸로 봐서는 우리가 벽검산장으로 갔다는 걸 그때만 해도 모르고 있었던 것 같네."
"용경루의 주인은 어떻게 됐습니까?"
"다치긴 했는데 그렇게 심하진 않은가 보더군. 자네 사부님과 조 낭자 일행은 그들이 한바탕 바람을 일으키고 간 다음에 도착했다고 하네."

 그나마 다행이었다.

 "그분들은요?"

 "별 탈 없이 바로 남장으로 가셨다더군."

 사도무영은 미간을 좁히고 잠시 생각에 잠겼다.

 이상했다. 놈들이 어떻게 미리 알고 조사를 했을까?

 그들을 발견한 장막심과 양류한이 계속 추적해 올까 봐서?

 하지만 그리 생각하기에는 무리가 있었다.

 두 사람을 겁낼 자들이 아니었다. 게다가 자신을 숨기려는 자들이 흑사방을 다그쳤을 정도면 어떤 확신이 있다는 말이었다.

 다시 말해 그들이 조사한 것은, 두 사람 때문이 아니라, 수라종파의 추적 때문이었다.

 그래서 의문인 것이다.

 저들은 어떻게 수라종파의 사람들이 자신들을 쫓고 있다는 걸 미리 알 수 있었을까?

 문득 또 한 가지 의문이 거기에 겹쳐졌다.

 난요는 쳐들어온 자들이 백 명 정도 된다고 했다. 그들이 너무 강해서 도살처럼 느껴질 정도라 했다. 적의 피해가 많지 않다는 말.

 그런데 저들은 오십이 명이었다. 나머지는?

 이를 지그시 악문 사도무영은 자리에서 일어났다.

 "남장으로 가기 전에 흑사방의 방우겸이란 자를 만나봐야겠습니다."

"방 총관 말인가?"

"예, 그에게 한 가지 확인해 볼 것이 있습니다."

사도무영은 마침 곡삼이 차를 들고 들어오자 그에게 물었다.

"흑사방이 어디에 있소?"

객잔을 나선 사도무영은 장막심, 양류한과 함께 곧장 흑사방으로 갔다.

흑사방은 보강에서 얼마 떨어지지 않은 곳에 있었다.

보강을 나와 서남쪽으로 오 리 가량 가자 제법 큰 장원이 보였는데, 그곳이 바로 흑사방의 본거지였다.

세 사람이 입구로 다가가자 옆구리에 칼을 찬 경비무사 둘이 다가왔다.

그들은 세 사람의 위아래를 재빨리 훑어보고는 눈치 빠르게 자세를 낮추었다. 그래도 목소리만은 건달의 특성을 버리지 못했지만.

"무슨 일로 왔수?"

"방 총관을 만나러 왔소."

"지금은 바빠서 사람을 만날 정신이 없으니 다음에 오쇼."

흑도인이라면 물리도록 겪어본 사람이 장막심이었다. 한때 흑문의 무사들과 매일같이 부딪치며 살았으니까.

"지랄 말고 방 총관에게 안내해. 일전에 용경루에서 만난 사람들이 왔다고 하면 그도 알 거야."

인상만 해도 그가 한 수 위였다. 목소리도 더 거칠었고.

장막심의 기세에 눌린 경비무사는 힐끔 안쪽을 바라보고는, 침을 퉤, 뱉고 몸을 돌렸다.

"따라오슈."

장막심은 경비무사가 침을 뱉은 이유를 알기에 피식 웃었다.

"그 자식, 꼴에 자존심은 있어서……. 아우, 들어가자고."

방우겸은 찾아온 사람이 사도무영임을 알고 안색이 창백하게 굳었다.

"왜 또 찾아온 거요?"

사도무영이 단도직입적으로 물었다.

"그들이 처음에 무슨 말을 했습니까?"

"그들을 맨 처음에 상대한 사람은 내가 아니오."

"그래도 무슨 말을 했는지 정도는 알 거라 봅니다만."

안다. 물어봤으니까.

'귀신같은 놈.'

방우겸은 잠시 생각하는 척하고는, 기억을 쥐어짜는 표정으로 말했다.

"청송객잔에 머문 사람들이 누군지 아느냐고 물었소."

사도무영의 눈빛이 싸늘하게 가라앉았다.

"그 다음에는 뭘 물어봤습니까?"

방우겸은 자신도 모르게 부르르 어깨를 떨었다.
"그, 그게……."
"혹시 자신들을 찾는 사람이 없었냐는 식으로 물었지요?"
"그, 그렇소."
정말 귀신이 따로 없다. 그래서 더 소름이 돋았다.
"어떤 식으로 물어봤습니까?"
"어떤 식?"
"단순히 찾는 사람이 없냐고 물어봤습니까, 아니면 어떤 특징을 대며 그런 사람이 없냐고 물어봤습니까?"
방우겸은 더 이상 속일 마음을 먹지 못했다. 귀신을 속이는 짓이 얼마나 어리석은 일인지 그는 잘 알았다. 속인 게 들통나면 더 큰 손해를 본다는 것도.
"그들은 흑의를 입은 젊은 사람들이 보강에 들어왔냐면서, 그들이 혹시 자신들을 찾지 않았냐고 했소. 그래서 나는 그런 자들은 본 적이 없고, 용경루에 놀러갔더니 누가 '청송객잔에 많은 무사들이 머무는데 그들이 누군지 아냐?'라고 물어봤다고만 했을 뿐이오."
"우리에 대해서 말해주었습니까?"
"미쳤소? 자신들의 적에게 정보를 줬다는 걸 알게 되면 가만두지 않을 게 뻔한데."
"그럼 그들이 당신의 말을 믿고 그냥 물러갔단 말입니까?"
방우겸이 고개를 갸웃거렸다.

"그게 좀 이상한데……, 그들은 더 깊게 묻지 않고 그냥 가버렸소."

그것으로 확실해졌다. 저들은 자신들을 알지 못했다. 누군가가 알려주기 전까지는.

결국 자신들에 대한 걸 누군가가 벽검산장에 전해주었다는 말이었다.

자신들을, 수라종파를 잘 아는 누군가가.

'용검회와 손을 잡고 수라곡을 친 자들인가?'

그럴 가능성이 높았다.

사도무영은 방우겸을 직시하고서 넌지시 말했다.

"우리 거래 합시다."

"거래요?"

"한 달에 황금 열 냥을 주겠소."

방우겸의 눈이 휘둥그레졌다.

황금 열 냥이면 흑사방이 열흘은 생활할 수 있는 거금. 회가 동하지 않을 수 없었다.

"무슨 거랜데……?"

"간단합니다. 사람을 풀어서 장강 북쪽 호북 일대의 정보를 취합한 다음 우리에게 전해주기만 하면 됩니다."

간단하다고?

방우겸은 그 말이 얼마나 웃기는 소린지 너무나 잘 알았다.

무당파, 제갈세가는 물론이고, 마령곡과 벽검산장, 수월산장 등 적지 않은 대문파들이 호북 중북부에 존재했다. 여차하면 그들과 연관될지 모르는 것이다.

하긴 그만한 위험이 따르지 않으면 미쳤다고 그 돈을 주겠는가.

'너무 위험해.'

하지만 황금 열 냥은 그냥 흘려버리기에는 작은 돈이 아니었다. 열 명을 동원해도 한 달에 은자 백 냥이면 충분한 일. 잘하면 그 중 반을 챙길 수 있는 것이다.

"정말 정보만 전해주면 되는 거요?"

"대신 정보가 들어온 즉시 전해줘야 합니다. 정보는 시간이 생명이니까. 그리고 우리 관계에 대해선 비밀을 철저히 지켜야 합니다. 방법은 알아서 하시고."

"그거야 당연한 일이오만……."

갈등이 일었다.

좀 더 내놓으라고 할까?

그래도 될 것 같았다. 그만큼 요구하는 것도 더해질 테지만, 그거야 나중 일이었다.

"저기, 쓰는 김에 다섯 냥을 더 쓰는 게 어떻겠소?"

조용히 앉아 있던 장막심이 눈을 부라렸다.

"아우, 그냥 가지? 차라리 개방과 거래하는 게 어때?"

양류한도 고저 없는 목소리로 한마디 거들었다.

"그럽시다, 사도 형. 개방과는 은자 오십 냥이면 충분할 거요."

"그래야 할 것 같군요. 그래도 우리 때문에 힘든 일을 겪은 것 같아 미안해서 제의했는데. 그만 가지요."

사도무영이 박자를 딱딱 맞추며 의자에서 엉덩이를 떼자, 방우겸이 급히 손을 저었다.

"하, 하, 하. 거래란 게 원래 밀고 당기는 맛이 아니겠소? 그냥 해 본 말이니 일단 앉으시구려."

사도무영은 다시 의자에 엉덩이를 붙이고 방우겸을 바라보았다.

"정 서운하다면 은자 이십 냥을 더 드리지요. 대신 소문이라도 좋으니, 다른 곳에서 들려온 이야기도 있으면 전해 주십시오."

"거 젊은 분이 화통하시구려. 좋소. 내 최대한 정보를 모아서 드리겠소. 그런데 어디로 전해야 할지……?"

"그것 때문에라도 부탁을 하나 더 해야 할 것 같군요. 한 사오십 명 정도가 조용히 지낼 수 있는 장원을 하나 물색해 주셨으면 합니다. 위치는 남장 북쪽으로 오십 리 이상 떨어진 곳이어야 하고, 주위가 번거롭지 않은 조용한 곳일수록 좋습니다."

"금액은 얼마나 생각하고 있소?"

"마음에만 든다면 조금 비싸도 상관없습니다."

비싸도 상관없다?

솔깃했다. 거간비로 황금 열 냥 정도는 거저먹을 수 있는 기회가 아닌가. 잘하면 스무 냥도…….

하긴 단순 정보료만으로 한 달에 황금 열 냥을 내놓겠다는 사람인데 뭐. 뜯어먹을 수 있을 때 최대한으로 뜯어먹어야지.

그렇게 생각한 방우겸은 너털웃음을 터뜨리며 호쾌하게 말했다.

"하, 하. 좋소이다. 공자의 마음에 드는 곳으로 최대한 빨리 알아보겠소."

"이틀 후 사람을 보내도록 하겠습니다. 그럼."

사도무영은 할 말 다했다는 듯 자리에서 일어났다.

그때 밖에서 누군가가 소리쳤다.

"총관님! 방주님께서 오셨습니다!"

방문을 향해 홱, 고개를 돌린 방우겸의 얼굴이, 손에 쥔 떡을 힘센 놈에게 빼앗긴 아이처럼 일그러졌다.

"들어오시지요, 방주."

문이 열리더니 두 중년인이 먼저 들어오고, 삼십 대 초반의 장한이 뒤따라 들어왔다.

장한은 눈초리가 치켜 올라가고, 입술이 얇아서 칼날처럼 날카로운 인상이었다. 행동을 봐선 그가 방주인 듯했다.

'생각보다 젊군.'

사도무영이 의외라 생각하고 있는데, 장한이 앞으로 나오며 말했다.

"방 총관, 엊그제 일과 연관된 손님이 오셨다고 해서 들렀소."

'빌어먹을! 어떤 새끼가 시키지도 않은 짓을!'

거래금을 반쯤 떼어먹으려 했거늘, 방주가 알게 되면 공염불이 될 터였다.

방우겸은 핏대가 솟았지만, 겉으로는 공손한 표정을 지었다.

"그러잖아도 방주님께 보고를 올리려던 참이었습니다."

"그래, 무슨 일로……?"

목에 잔뜩 힘을 준 흑사방주는 스윽, 사도무영 일행을 훑어보다 말고 흠칫 몸이 굳었다. 갑자기 독사의 눈과 마주친 생쥐처럼.

동시에 사도무영 옆에서 커다란 목소리가 터져 나왔다.

"이게 누구야? 마가 너 이 자식! 하! 너를 이런 곳에서 보다니! 하늘도 무심치 않군!"

목소리의 주인은 장막심이었다.

언뜻 들으면 반가워하는 것 같았다. 하지만 자세히 들으면, 마치 외나무다리에서 만난 원수에게 하는 말처럼 들렸다.

"너, 너, 막심, 네가 왜 여기에……?"

흑사방주 마도전의 날카롭던 인상이 썩은 땡감처럼 변했다.

사람들이 모두 어안이 벙벙한 표정으로 바라보는 사이, 장막심은 그를 향해 성큼성큼 걸어갔다.

반면 마도전은 장막심이 다가가는 만큼 뒤로 물러났다.

"조용히 끝내고 싶으면 거기 서!"
"정말 조용히 끝낼 거냐?"
"걱정 마, 나로 인해서 내 아우의 일에 차질이 생기는 건 원치 않으니까."

마도전은 멈춰 서서, 장막심이 다가오는 걸 불안한 눈으로 쳐다보았다. 마음 같아서는 도주하고 싶은데, 장막심의 손을 벗어날 자신이 없었다.

'도주하다 잡혀서 얻어맞느니 차라리 방 안에서 끝내자.'

설마 이곳에서 때리기야 하겠어?

그는 그런 마음으로 장막심의 행동을 지켜보았다.

장막심은 손만 뻗으면 마도전의 멱살을 잡을 수 있는 곳에서 걸음을 멈췄다. 그리고는 서리가 내릴 것처럼 차가운 눈으로 마도전을 쏘아보았다.

"내가 전검방에서 나왔다는 건 알고 있겠지?"
"들었다."
"그게 너 때문이라는 것도?"

마도전은 눈을 슬며시 돌리며 고개를 끄덕였다.

"그 일은 정말 미안하다."

장막심이 손을 뻗어 마도전의 멱살을 확 잡아챘다.

"무슨 짓이오!"

뒤에 서 있던 두 중년인이 버럭 소리쳤다.

하지만 마도전이 손을 젓자, 두 중년인은 장막심을 노려만

볼 뿐 달려들지 못했다.

　장막심이야 그들은 안중에도 없었지만.

　"나쁜 놈의 새끼. 친구란 놈이 저 혼자 살겠다고 도망가?"

　"어쩔 수 없었다. 나 하나 더해진다고 해서 변할 상황도 아니었고……, 나에겐 살아야만 하는 이유가 있었으니까."

　"빌어먹을 새끼, 나도 병든 네 어머니가 너만 믿고 산다는 것 정도는 알아 임마! 그래도 공격하는 척이라도 했으면, 우리 조원이 다섯이나 죽지는 않았을 거 아냐!"

　"네가 사람을 죽이지 못하는 줄 알았으면 그렇게 했을 거다."

　"……"

　"네가 본 실력을 다 드러냈으면 그깟 흑문 놈들의 포위망 정도는 충분히 뚫을 수 있었잖아. 안 그래?"

　"그래서 나를 믿고 그냥 도망갔다는 거야? 그걸 말이라고 해!"

　"침 튀어, 임마."

　"이 빌어먹을 놈이……!"

　"때리려면 때려라. 대신 그걸로 끝내자. 너와 네 조원에게 미안하긴 하지만, 다시 당시의 상황으로 돌아간다 해도, 내 결정에는 변함이 없을 것이다."

　"나쁜 새끼."

　"비록 다른 사람들에게 욕을 얻어먹고, 다시는 전검방으로 돌아가지 못했지만, 그래도 그때 도망친 덕에 어머니가 삼 년은 더 사셨다. 나는 그거면 족해."

"뭐? 어머니가…… 돌아가셨어?"

마도전은 최대한 처연한 표정을 지으며 고개를 끄덕였다.

그는 장막심을 잘 알았다. 그것으로 이야기는 끝났다고 봐야 했다.

'자식이 생긴 거와 달리 마음은 더럽게 약하단 말이야. 하긴 그래서 장천이보다 이놈을 더 좋아했지.'

그래도 세월이 흘렀으니 성격이 변했을지도 모르는 일. 마도전은 한마디 더해서 장막심의 흔들린 마음을 완전히 풀리게 만들었다.

"어머니께서 돌아가시기 전에 너를 무척 보고 싶어 하셨지."

장막심은 입술을 질끈 깨물고는, 움켜쥐고 있던 마도전의 멱살을 홱 뿌리쳤다.

"썩을 놈! 잡히면 팔다리를 몽땅 부러뜨려 버리려고 했는데……."

목을 몇 번 좌우로 흔들어본 마도전은 가자미눈으로 장막심을 째려보았다.

"그런데 무슨 일로 여기까지 온 거냐? 대파산에 처박혀 산다고 들었는데."

5.

 절궁에서 지낸 지 며칠이 지나지 않았는데도 난요는 나날이 행복했다.
 절궁에서의 생활은 수라곡에서 지낼 때와 완전히 달랐다.
 토가족 사람들의 생활은 단순했다.
 아침에 일어나면 남자들은 먹을거리를 구하러 나가고, 여자들은 식구들을 위해 음식을 장만했다. 그리고 아이들은 깔깔거리며 뛰어놀고.
 그들은 무공을 익히기 위해 죽음과 싸우는 수련을 하지도 않았고, 같은 부족 사람끼리 도검을 겨누며 죽일 듯이 노려보지도 않았다.
 그들은 그저 자연에 순응하며 평범하게 살아갈 뿐이었다.
 그런데 거기에 행복이 숨어 있었다. 자신이 살아오면서 느꼈던 그 어떤 행복보다 훨씬 커다란 행복이.
 만약 다시 수라곡의 생활로 돌아가야 한다면?
 난요는 절대 돌아가지 않을 생각이었다.

 하지만 하늘은 그녀가 행복하게 사는 걸 원치 않는 듯했다.
 찬바람이 유난히 세차게 불던 어느 날. 백여 명의 무사들이 절궁으로 들이닥쳤다. 구천신교의 무사들이었다.
 그들은 절궁에 들어서자마자 마을사람들을 모조리 끌어냈다.

담격은 일체의 저항을 하지 말라고 명한 후 자신이 직접 나서서 마을사람들을 모았다.

마을사람들이 모두 모이자 구천신교의 무리 중에서 한 사람이 앞으로 나섰다. 다름 아닌 현유였다.

그는 한쪽에 모여 있는 수라곡 사람들에게 다가갔다.

난요는 현유가 다가오는 걸 보고 이를 악물었다.

그녀 앞에 도착한 현유는 좌우를 둘러보고는, 그녀를 향해 물었다.

"네가 이들의 대표더냐?"

"예, 나으리."

"우리가 누군지 모르진 않겠지?"

"어찌 신교의 위대한 무사들을 몰라볼 수 있겠습니까."

"그래? 본인은 신교의 소교주인 현유라 한다. 지금부터 몇 가지 물을 것이다. 사실대로 말하면 죄를 묻지 않을 것이니 거짓말을 할 생각은 버리도록 해라."

"천첩이 어찌 신교의 소교주께 거짓을 아뢰겠습니까."

"좋다. 그럼 이제부터 수라곡에서 이곳까지 오게 된 상황을 자세히 이야기해 보도록 하라. 특히 사영이라는 자에 대해선 한 마디도 빠뜨려선 안 될 것이다."

난요는 모든 것을 이야기해 주었다.

사도무영이 수라곡에 들어와서 자신들을 찾은 것, 그 후에 벌어진 일, 그리고 절궁으로 오고, 사도무영이 자신들을 절궁에 남겨놓고 떠난 것까지.

어차피 그녀로선 거짓말을 할 이유가 없었다.

단, 사도무영이 절궁의 촌장과 친하다는 것과, 그녀가 적을 직접 본 것에 대해선 이야기하지 않았다.

그저 많은 사람들이 이동하기 힘들어서 자신들은 이곳에 머물기로 했다고만 했다. 몇 가지 빼먹긴 했지만, 어쨌든 거짓말을 한 것은 아니었다.

현유는 그녀의 말이 끝나자 몇 가지 질문을 던졌다.

"그놈이 너희들만 남겨놓고 동쪽으로 갔단 말이지?"

"예, 소교주님."

난요는 부들부들 떨며 대답했다.

상대는 대 구천신교의 소교주였다. 그녀와는 하늘과 땅 차이만큼 신분차이가 나는 사람.

하지만 그녀가 몸을 떠는 것은 상대의 신분 때문이 아니었다.

토가족 마을로 몰려온 구천신교의 사람들. 그녀는 그들 중 현유의 뒤에 서 있는 두 사람을 보고 두려운 사실 하나를 알게 된 것이다.

"그들이 어느 곳으로 간다고 말한 적 없었느냐?"

"그런 말은 하지 않았습니다. 그냥 동쪽으로 간다고만 했습니다."

현유는 더 추궁하지 않았다.

폭풍(暴風)의 계절(季節) 117

수라곡의 멸망에 겁을 집어먹고 사영을 따라온 여인이다. 그녀에게 죄를 물으면 타 종파의 사람들이 자신을 좋게 보지 않을 것이었다.

사영이라는 놈이 문제일 뿐. 수라곡은 아직도 구천신교의 일원이 아닌가 말이다.

'제기랄, 그 멍청한 인간이 놓치지만 않았어도……'

수라곡이 피로 뒤덮이고, 수라곡 내의 모든 건물이 불타버렸다는 소식은 구천신교를 충격으로 몰아넣었다.

특히 신지에 남아 있던 수라종파의 사람들은 아연실색한 채 즉시 수라곡으로 달려갔다.

그들이 본 것은 시커먼 재와, 그 속에 남은 유골뿐이었다.

이후 수라곡은 봉쇄되고, 수라종파의 사람들은 현천교에 몸을 맡겼다. 그리고 북궁마야의 명이 떨어졌다.

"수라종파의 혈겁에 대해 철저히 조사하라!"

현우가 먼저 조사를 맡겠다고 나섰다. 대교주가 하사한 영단을 복용하고도 내외상이 완치되지 않은 상태였지만 그대로 보고만 있을 수는 없었다.

수라곡의 혈겁에 대한 조사?

그딴 것은 아무래도 좋았다. 그가 원하는 것은 조화설을 잡고, 사영의 죽음을 보는 것이었다.

자신은 모르고 있지만, 그는 조화설에 대해 강박적인 소유욕을 지니고 있었다. 누구도 그녀를 얻어선 안 된다는, 오직 자신만이 그녀의 주인이어야 한다는, 그런 강박관념 말이다.
　또한 사영에 대한 지독한 복수심이 불타고 있었다. 그를 죽이지 않는 한 그는 영원히 패배감에서 벗어날 수 없을 것 같았다.
　그 두 가지 일에 비하면, 수라곡의 멸망은 그의 관심거리도 아니었다.
　다행히 사부인 북궁마야는 그의 청을 들어주었다. 게다가 몸이 안 좋은 그를 위해 대교주를 호위하는 비밀무사 중 둘을 붙여주기까지 했다.
　그 즉시 구천신교 각 종파의 무사 백 명을 이끌고 신지를 나온 그는 형식적으로나마 수라곡에 들렀다. 그리고 곧 사영과 조화설의 뒤를 쫓았다.
　그런데 추적 이틀째 되던 날, 절궁의 토가족 마을에서 어린아이들과 몇 명의 수라곡 여인을 발견했다는 연락이 왔다. 그래서 정신없이 달려왔는데, 사영과 조화설은 떠난 지 오래였다.
　'빌어먹을 연놈들, 운도 좋군!'
　현유는 두 사람을 씹으며 난요를 바라보았다.
　"당장 너희들을 신지로 데려갈 수는 없다. 나중에 너희를 데리러 사람이 올 것이다. 그때까지 이곳에 머물도록."
　난요는 입술을 지그시 악물고 대답했다.
　"예, 소교주님의 뜻에 따르겠사옵니다."

현유는 더 이상 난요를 상대하지 않고 몸을 돌렸다.
그의 뒤에는 다섯 사람이 늘어서 있었다. 신교의 무사 일백을 지휘하는 사람들이었다.
"현천의 형제들은 이제부터 나와 함께 놈의 뒤를 쫓을 것이오. 나머지 사람들은 보강에서 이곳으로 향하는 모든 길목을 철저히 차단하시오. 그게 누구든, 무기를 든 강호인은 절대 통과시키지 마시오."
"알겠소이다, 소교주!"

제4장
운양장(雲梁莊)에
둥지를 틀고

1.

흑사방을 나온 사도무영은 곧장 남장으로 갔다.

망혼진인과 조화설, 수라곡 사람들은 남장 외곽에 있는 작은 객잔 하나를 통째로 빌려서 머물고 있었다.

사도무영은 그곳에서 이틀을 지낸 후 흑사방에 도담을 보냈다.

장막심과 양류한은 벽검산장에서 얼굴을 보인 만큼 보강에 가면 그들의 정보망에 걸릴지 몰랐다. 그리고 적도광과 추강은 강함이 겉으로 드러나서 사람들의 이목을 끌기에 충분했다.

그들에 비하면 도담이 인상도 제일 만만하고 입담도 좋아서 흑사방을 상대하기에 적격이었다.

도담이 흑사방 사람과 함께 보강에서 돌아온 것은 그날 오후였다.

"북쪽으로 백 리 가량 떨어진 곳에 있는 장원 하나가 매물로 나왔다고 합니다."

"그래요? 그럼 형님과 양 형이 함께 가서 장원을 보고 오십시오."

장원에 다녀온 두 사람은 만족한 표정이었다.

"대지가 삼천 평에 건물이 다섯 채더군. 건물이 낡긴 했지만, 조금만 손보면 지내기에 무리가 없어 보였네. 열 명 정도 있는 하인들을 그대로 고용하면 굳이 사람을 구하기 위해 애쓸 필요도 없을 것 같고 말이야."

"운양장이라고, 몰락한 학자의 장원이라는데, 여유 공간도 충분하고, 주위에 마을이 없어서 조용히 지내기에는 적당한 곳처럼 보였소."

두 사람의 말대로라면, 은밀하게 거점으로 활용하기에 아주 적당한 곳이었다.

게다가 북쪽 남하(南河) 건너에는 무당산이, 남동쪽에는 제갈세가가 있어서 나름 안전한 지역이라 할 수도 있고.

"좋습니다. 그곳을 사죠."

2.

사도관과 나민이 장안에서 망중한의 세월을 보낼 즈음, 한중에서 전해진 소식이 장안은 물론 섬서 일대를 뒤흔들었다.

-천마궁(天魔宮)이 한중을 접수했다!
-잔살마문이 천마궁에게 무너졌다!

장안표국은 섬서 일대의 주요 현에 지소가 있기에 천마궁에 대한 소식을 곧바로 입수했다.
영호성은 그 소식을 듣자마자 사도관에게 달려갔다.
마침 광효와 섭장천과 순우연이 함께 있는 자리어서 영호성은 지체 없이 소식을 알렸다.
"천마궁이라······."
사도관은 영호성이 가져온 소식을 접하고 콧등을 문질렀다.
그때 광효가 조금 흥분된 어조로 말했다.
"드디어 혼돈의 주역 중 또 하나가 세상에 나온 것 같군!"
사도관은 힐끔 광효를 바라보았다.
섭장천이 광효에게 물었다.
"무슨 말입니까?"
"천마궁은 본래부터 천마궁이 아니었을 것이다."
사도관이 장난하듯이 한마디 툭 던졌다.

"천마궁이 아니었다면, 그럼 백마궁이었단 말입니까?"
"비슷하다."
"예?"
"빈승의 생각이 옳다면, 그들은 백마동의 후인들일 것이다. 백마동의 허락이 없이는 그 누구도 한중을 삼킬 수 없음이니……."

백마동(百魔洞)!

그 이름이 광효의 입에서 나오자 사도관이 자세를 바로 했다. 어느 때보다 심각한 표정으로.

섭장천의 표정도 딱딱하게 굳어졌다.

"백마동이라면, 밀천십지 중 하나가 아닙니까?"
"어. 그 자식들이야."

사도관이 가볍게 '그 자식들'이라고 했지만, 섭장천은 가볍게 받아들일 수가 없었다.

전율에 온몸이 떨렸다.

광효가 가끔씩 혼돈의 시대가 도래할 거라고 말했다.

정확한 설명은 하지 않았지만, 그때마다 본능이 반응했다.

'정말 혼돈의 시대가 온다면, 천하대란이 벌어진다면, 그때야말로 나를 알릴 것이다!'

그는 몇 번이고 그렇게 다짐했다.

전검방을 떠나온 목적이 무엇이던가. 사건이 용검회와 관련되었다는 것 때문이 아니던가.

그런데 백마동이라는 이름을 듣자, 그러한 시대가 다가오고 있는 게 본능으로 느껴졌다.

그동안 잠들어 있던 밀천십지 중 반이 깨어나지 않았는가 말이다.

"정말 혼돈의 시대가 도래하는 걸까요?"

그가 묻자 광효가 대답했다.

"하늘의 뜻이다. 하늘의 뜻은 누구도 막을 수 없음이 니……."

그때 눈을 크게 뜨고 있던 순우연이 일어서며 말했다.

"본 회에서 그 소식을 들었다면 뭔가 오가는 말이 있을 겁니다. 제가 가서 알아보겠습니다."

"그것도 괜찮은 생각이군. 어서 가 보게."

사도관은 고개를 끄덕이고, 쫓아내듯이 순우연을 재촉했다.

그리고 순우연이 방을 나가자 자리에서 일어났다.

"그럼 저 친구가 오면 다시 모이기로 하고, 그때까지 좀 쉽시다. 근데 부인은 어딜 갔지?"

그는 혼돈의 시대가 오든, 천하대란이 일어나든 신경 쓰지 않았다.

그건 그때 가서 생각하면 될 일이었다. 자신이 못 오게 한다고 해서 안 올 것도 아니잖은가.

그보다 오늘 나민과 화청지에 가기로 했는데, 그럴 수 없을 것 같아 불만이었다.

'빨리 갔다 오면 될 거 같은데.'

순우연이 돌아올 때까지 오면 될 것이 아닌가.

하지만 그는 화청지에 가려던 생각을 접어야 했다.

그가 슬그머니 일어나려는데, 항상 소리 없이 걷는 단학이 급박한 걸음으로 뛰어 들어왔다.

"대공!"

오죽하면 사도관이 일어나던 그대로 몸이 굳을 정도였다.

다시 엉덩이를 의자에 붙인 사도관이 단학을 째려보았다.

"무슨 일인데 그리 급한 표정이오?"

"낙양에 갔던 수하들이 돌아왔는데, 귀마궁 놈들이 천보장에 선전포고를 했다고 합니다."

사도관이 벌떡 일어났다.

"귀마궁이? 그 개새끼들이 어디서!"

이번에는 단학이 놀라서 눈을 반쯤 떴다.

사도관이 쌍욕하는 것을 처음 들어본 것이다. 그리고 천보장이 어려움에 처했다면 혹시 좋아하지 않을까 생각했는데, 정반대가 아닌가.

'이제 보니, 대공도 장주님을 무조건 미워하지는 않았던 거였군.'

한데 그 모습을 보니 묘한 느낌이 들었다.

차라리 미워하지, 그럼 자신에게도 일말의 희망이 보일지 모르는데.

그때 욕설을 퍼부은 사도관이 다시 풀썩 자리에 앉았다. 그러고는 언제 화를 냈냐는 듯 턱을 괴고 중얼거렸다.

"그 자식들, 죽으려고 작정했군. 건들 사람이 없어서 그 사람을 건들려고 하다니."

"그래도 보고만 있을 수는 없잖습니까?"

그건 그랬다. 그 사실을 알고도 모른 척했다는 걸 마누라가 알게 되면 정말 큰일이었다.

맞아 죽지야 않겠지만, 평생 긁어대는 소리를 들으며 살 수는 없는 일이 아닌가.

"쩝, 별수 없지. 어디 자세히 말해 보시오."

단학은 수하들이 들고 온 소식을 고분고분 전했다.

"현재 상인들로 하여금 귀마궁에 일체의 물건을 팔지 못하게 하고 있는데, 열흘 안으로 귀마궁에 대한 규제를 풀지 않으면 천보장 사람들을 죽이고 불바다로 만들 거라면서……."

그의 태도는, 사도관이 그를 포검산장에서 구한 이후부터 많이 달라져 있었다. 진심으로 사도관을 대공으로서 받들기 시작한 것이다.

그는 보고를 마치고 자신의 생각을 덧붙였다.

"……그런데, 아무래도 구천신교가 움직인 것 같습니다."

사도관이 턱을 괸 손을 내리고 고개를 들었다.

섭장천의 표정이 굳어지고, 광효는 눈에서 불길을 뿜어냈다.

"구천신교가?"

"그놈들이 움직였단 말입니까?"

"아, 미, 타, 불. 드디어 혼돈의 불길이 타오르기 시작했구나."

동시에 터져 나온 목소리였지만, 단학은 정보수집의 대가답게 모두 알아들었다.

그는 통통한 입술을 빠르게 놀려 자신의 생각을 말했다.

"낙양의 상권은 정천맹의 가장 큰 돈줄이라 할 수 있는 만큼, 당연히 정천맹이 앉아 있지만은 않겠지요. 귀마궁도 그걸 알 것이고 말입니다. 한데 그걸 알고도 그런 결정을 내렸을 때는 믿을 구석이 있으니 그런 것이 아니겠습니까?"

사도관은 단학의 통통한 입술을 쳐다보았다. 순우만에게 맞아서 터졌던 입술은 이제 거의 다 나은 상태였다.

'그때만 해도 쪼개진 석류처럼 생겼었는데. 퉁퉁 부어서 크기도 훨씬 컸고.'

그때 단학이 말을 마치고 사도관을 빤히 바라보았다.

"대공께선 다른 생각이라도……?"

흠칫한 사도관이 불쑥 말했다.

"귀마궁을 잘 익은 석류처럼 쪼개버리자고! 어때?"

"귀마궁을 공격하잔 말씀이십니까?"

"못할 거 뭐 있어? 여기저기 몇 군데 부숴놓으면 천보장을 치지 못할 거 아냐?"

말해 놓고 보니 그것도 괜찮을 것 같았다.

하지만 단학은 그와 생각이 조금 달랐다.

그가 어이없는 표정으로 되물었다.

"명색이 마도십삼파의 하나인데도요?"

"겁나면 빠져. 우리 셋이 갔다 올 테니까."

자신들의 말을 들어보지도 않고 당연히 함께 갈 거라는 듯 말하는 사도관이다.

한데도 광효와 섭장천은 별반 표정변화를 보이지 않았다.

섭장천은 사도관이 설마 말도 안 되는 일을 벌일까 싶었다. 광효야 마도의 무리를 치러간다는 것에 대만족이었고, 그는 장안에 편하게 있는 것이 말할 수 없이 지루했다.

세상에는 때려잡아야 놈들이 헤아릴 수 없이 많거늘!

"마인들을 지옥으로 몰아넣는 것은 곧 공덕을 쌓는 길이니……. 아미타불."

그때 섭장천이 고개를 갸웃거리며 물었다.

"그런데 관 대협, 천보장과 어떤 관계이신데 그리 신경을 쓰십니까?"

사도관이 옆머리를 박박 긁으며 사실대로 대답했다. 광효도 알고, 강후도 알았다. 한 사람 더 안다고 해서 문제될 것도 없었다.

"어 그게……, 천보장은 내 마누라가 사는 곳이네. 마누라가 그곳의 주인이지."

"예?"

"뭐 이제 와 이런 말해서 미안하네만, 사실 내 이름은 관도사가 아니라네."

"그럼……?"

"거꾸로 읽으면 돼."

섭장천이 한 자 한 자 되뇌었다.

"사, 도, 관?"

"맞아, 그게 내 진짜 이름이야. 사정이 있어서 잠시 가명을 썼지. 이해해 주게."

"그러셨군요. 사정이 있으면 그럴 수도 있지요."

섭장천은 담담히 받아들였다.

사도관은 그런 섭장천을 슬쩍 쳐다보며 입맛을 다셨다.

'내 아들하고 성이 같은데도 전혀 눈치채지 못하는군. 생각했던 것보다 둔한데?'

사도관은 섭장천을 평가절하하고 단학에게 물었다.

"단 형, 놈들이 선전포고한 날까지 얼마나 남았지?"

"닷새 남았습니다."

귀마궁에서 낙양까지 가려면 하루 정도 걸린다. 그럼 이틀 전에 출발할 수도 있다는 말.

결국 귀마궁을 치려면 사흘밖에 시간이 없었다. 복우산까지 천리가 넘거늘.

"젠장! 그럼 서둘러야겠군."

3.

모든 일이 일사천리로 진행되었다.

운양장을 사들인 사도무영은 필요한 물품들을 사서 옮기도록 했다.

장막심과 양류한의 말대로 장원은 수라곡 사람들이 지내기에 적당했다. 마을은 장원에서 십 리 가량 떨어져 있었고, 외인들도 발걸음이 거의 없는 한적한 곳이었다.

주위 풍광이 아름다워서, 전운이 감도는 지역만 아니라면 조화설과 함께 머물고 싶을 정도였다.

열한 명의 하인들은 그대로 남겨두었다. 겨울이 깊어가는 시기. 하인들은 쫓겨나지 않은 것만으로도 눈물까지 보이며 감지덕지했다.

장원에 들어선 그날부터 수라곡 사람들은 너나 할 것 없이 나서서 장원을 수리하고 일대를 정비했다.

수라단원과 수라십이살도 그때만큼은 무기를 내려놓고 망치와 톱을 들었다.

임시 거점이긴 하지만, 세상에 나와 처음으로 잡은 터전이었다. 제이의 고향이 될지도 모르는 곳. 어느 한 곳도 소홀히 하지 않았다.

그 사이 사도무영은 망혼진인을 닦달해서 조화설의 건강을 찾는 일에 전념했다. 떠날 때까지 완벽해야 한다면서.

사흘째가 되자 조화설도 뛰어다닐 수 있을 정도로 몸이 호전되었다.

장원을 손보는 일도 그럭저럭 체계가 잡혀서 여기저기서 중구난방으로 질러대던 소리도 거의 들리지 않았다.

오랜만에 평온을 되찾은 사도무영은 조화설과 함께 거닐며 행복을 만끽했다.

조화설과 망혼진인이 무사한 모습으로 곁에 있지 않은가. 구천신교와 용검회의 일도 그때만큼은 걱정이 되지 않았다.

한데 문득, 밝은 표정의 조화설을 보니 어머니가 떠올랐다.

그러고 보니 그동안 너무 무심했다. 서신을 보낸 지 벌써 두 달이 넘지 않았는가.

'어머니에게 연락해 볼까?'

교교, 그것도 이제 많이 컸겠지?

그래도 성격은 여전할 것이다. 어머니를 쏙 빼다 닮은 그 성정이 어디로 갈까?

'아버지는 어떻게 지내는지 모르겠군.'

천보장에서 초상을 치렀다는 말이 없었으니, 적어도 어머니에게 맞아죽지는 않은 것 같았다.

대신 장원에서 꼼짝도 못하겠지.

사도무영은 아버지가 안쓰러웠지만, 아직까지는 천보장으로 돌아가고 싶은 마음이 없었다.

'조금만 참고 기다려주세요. 화설 누이와 함께 돌아갈 테니

까요.'

지금 천보장으로 갔다가, 조화설이 천보장에 있다는 걸 구천신교 놈들이 알게 되면 큰일이니까.

어머니가 아무리 강하다 해도, 천보장에 뛰어난 무사들이 아무리 많다 해도 구천신교와는 비교가 되지 않는 것이다.

"무슨 생각을 그렇게 깊게 해?"

조화설이 옆모습을 바라보며 물었다.

"아버지가 괜찮을지 걱정돼서요."

조화설도 사도무영과 사도관이 왜 집을 도망쳐 나왔는지 알고 있기에 걱정보다 웃음이 먼저 나왔다.

"풋, 어머니가 정말 그렇게 사나우셔?"

"어휴, 말도 말아요. 우리 장원에 뛰어난 무사들이 이십여 명 있는데, 대부분 어머니에게 죽도록 얻어맞고 패해서 어쩔 수 없이 장원에 붙어 있는 거예요."

조화설이 사도무영의 가슴을 치며 웃었다.

"호호호호, 정말?"

"정말이라니까요. 그들 중에는 강호에서 내로라하는 고수도 몇 명이나 있어요. 전에는 대수롭지 않게 생각했는데, 최근에 다시 생각해 보니 저희 장원도 제법 강한 곳이더라고요."

"그런데 왜 집으로 안 가? 장가가기 싫어서?"

'화설 누이와 같이 갈 거예요.'

가서 '어머니, 혼인할 상대 데려왔어요!' 라고 큰소리 칠 것입니다.

 그 생각을 하는데 조화설의 얼굴이 바짝 다가왔다.

 숨결에서 흘러나오는 향긋한 복숭아 냄새.

 가슴이 두근거리고 입안에 침이 고였다.

 사도무영은 살짝 달아오른 얼굴을 조화설에게 내밀었다. 조화설의 볼에도 복숭아 빛이 떠올랐다.

 그때 적소연의 목소리가 들렸다.

 "거기서 뭐해요?"

 윽! 저게!

 사도무영은 무지 아쉬웠지만, 태연한 표정으로 고개를 돌렸다. 적소연이 건물을 돌아 나오며 빤히 쳐다보고 있었다.

 "뭐하긴. 누이의 얼굴에 뭐가 묻어서 닦아주려고 했지."

 "입으로요?"

 "어허!"

 "피이, 뭘 그렇게 부끄러워해요. 전에 저하고도 많이 했으면서."

 "어, 언제 많이 했다는 거냐?"

 "뭐 아주 많이는 아니지만, 그래도 다섯 번은 더 했잖아요."

 "그거야……, 내가 한 게 아니라 네가 억지로 했지."

 사도무영은 힐끔 조화설을 훔쳐보았다.

 별로 기분 상한 표정은 아니었다. 대신 살며시 몸을 돌리고 방으로 걸어갔다. 사도무영의 귓구멍에 커다란 화살을 쏘면서.

"동생, 나 먼저 들어갈게. 소연이하고 재미있게 놀아."

"누, 누이, 그게 아니라……."

"아니긴, 저번에 소연이에게 들었는데, 목욕도 함께하고 자주 같이 잤다면서?"

"그게 아니라니까요. 그냥 소연이가 옷…… 갑자기 뛰어들어서……."

차마 옷을 다 벗고 뛰어들었다는 말은 하지 못했다.

한데 조화설이 마치 모든 것을 다 안다는 듯 말하지 않는가.

"하긴 뭐, 나보다는 어린 소연이가 더 좋겠지. 피부도 정말 좋던데. 어차피 두 달 후면 같이 살기로 했다며?"

킥!

소연이 저것이! 어쩐지 조용히 있다 했더니!

사도무영이 노려보자 적소연은 고개를 푹 숙이고 손가락을 만지작거렸다.

순전히 거짓이었다.

사도무영은 단번에 그걸 알아보고 눈에 힘을 주었다.

누가 보면 자신만 나쁜 사람으로 알 것이 아닌가.

여우같은 것!

"너 정말……."

조화설이 입술을 비틀며 넌지시 적소연을 감쌌다.

"왜 소연이에게 뭐라고 그래? 내가 물어봐서 어쩔 수 없이 말해준 건데."

그런다고 그런 것까지 말해줘요? 다 속셈이 있어서 그런 거라고요!

불만이 많았지만, 속으로 삭였다. 조화설에게까지 따질 수는 없는 일이 아닌가 말이다.

'좌우간 여자들 상대하는 것이 천하의 절대고수를 상대하는 것보다 더 어려운 일이라니까.'

새삼스런 생각은 아니었다. 어머니와 교교만 해도 말상대하는 것을 포기하지 않았던가.

졸지에 '순진한 소녀나 윽박지르는 나쁜 사람'이 된 그는 더 이상의 말대꾸를 포기하고 적소연을 향해 퉁명하게 말했다.

"누이를 안으로 모시고 들어가라. 나는 주위 좀 돌아볼 테니까."

"네."

적소연은 슬쩍 고개를 들고는 배시시 웃었.

웃는 얼굴에 뭐라 하랴.

'끄응, 진즉 누이와 떼어놨어야 하는데.'

사도무영이 후회하고 있는데 망혼진인이 불렀다.

"소연아, 무영이 데려오라니까 뭐해? 어? 너희들 거기 모여서 뭐하는 거냐?"

사도무영은 반사적으로 고개를 돌렸다.

망혼진인이 고개를 모로 꼰 채, 눈을 가늘게 뜨고서 바라보고 있었다. 수상한 광경이라도 본 것처럼.

이제 사부님까지!

목소리가 조금 까칠하게 튀어나왔다.

"하긴 뭘 해요?"

"수상한데? 얼굴도 발갛고. 너희들 혹시…… 사랑싸움 하는 거냐?"

"사부님!"

"험, 아니면 말지, 왜 소리를 지르는 거냐? 진짜 수상한데?"

'끄응, 말을 말아야지.'

"왜 오신 거예요?"

"흘흘, 힘든 일 있으면 이 사부에게 말해봐라. 내가 나서주마."

사도무영은 더 상대하지 않고 조화설을 향해 돌아섰다.

"화설 누이, 우리 안으로 들어가요."

망혼진인이 실실 웃으며 사도무영의 등에 대고 소리쳤다.

"낄낄, 부끄러워하기는. 이놈아, 전청으로 가 봐라. 흑사방에서 똘마니가 찾아왔다."

흑사방에서 온 자는 흑사단의 이조장이라는 종태일이었다.

그는 십여 가지 정보를 가져왔는데, 간추리면 세 가지로 분류되었다.

제갈세가가 정천맹의 무사들과 함께 대대적으로 움직이고 있다는 것.

신농정 쪽으로 가는 일이 수상한 자들에 의해 통제되고 있다는 것.

그리고 다른 하나는 섬서의 소문이었는데, 한중에서 천마궁(千魔宮)이라는 막강한 세력이 태동했다고 한다. 문제는 그들이 세력을 급작스럽게 키우는 바람에 섬서 무림이 초긴장상태라는 것이었다.

"천유검 제갈신운이 직접 움직이고 있단 말이지요?"

"그렇습니다, 공자. 남장과 보강은 물론 주요 관도에 제갈세가와 무당, 개방의 제자들이 쫙 깔렸습니다."

수라곡 때문일까?

그럴 가능성이 컸다.

그럼 제갈신운은 수라곡의 혈겁에 관계되지 않았다는 건가?

사실 그도 용의선상에 두었었다. 수라곡을 공격한 전례가 있으니까.

그런데 움직임이 예상과 다르다. 관여되었다면 구천신교의 보복을 우려해서라도 돌아가는 상황을 조용히 지켜봐야 옳았다. 당장 전면전을 벌일 것이 아니라면.

"그 양반도 뭔가 이상하다는 걸 느꼈나 보군."

종태일은 힐끗 사도무영의 표정을 살펴보았다.

'천유검 제갈신운을 그 양반? 누가 들으면 잘 아는 사이같이 말하는군. 하긴 눈앞에 없으면 무림맹주를 친구라 한들 누

가 알아?'

그가 간신히 비웃는 표정을 감추고 있는데 사도무영이 물었다.

"벽검산장은 아무런 움직임도 없소?"

"감시가 워낙 심해서 이십 리 이내에 들어갈 수가 없습니다. 더구나 정천맹도 주시하고 있는 판이라서……."

정천맹이 벽검산장을 주시한다?

제갈신운은 그들의 정체를 알고 있을까?

모르는 것 같다.

그러니 주시만 하고 있는 거겠지.

정말 지독할 정도로 철저한 자들이었다. 정천맹의 눈을 수십 년 동안이나 속이다니.

한편으로는 제갈신운이 그들과 한패거리가 아니었다는 것에 신빙성이 더해졌다.

'내가 침입한 일에 대해서 들었나?'

정천맹이 갑자기 벽검산장을 주시할 이유는 그것밖에 없었다.

'한 번 만나볼까?'

언제 정천맹과 엮일지 몰랐다. 그러고 싶지 않아도 세상이 놔두지 않을 것이다.

그럴 경우, 고리타분한 정천맹을 상대하느니 제갈신운을 상대하는 게 나았다. 그래도 그는 말이 통하는 자이니까.

'좌우간 화설 누이를 빨리 옮겨야겠군.'

구천신교든 정천맹이든, 이곳을 알게 되면 귀찮은 일이 벌어질지 몰랐다. 그리고 그녀를 옮겨 놓아야, 무슨 일이 있을 경우 움직이기가 편할 것이었다.

내심 결정을 내린 사도무영은 화제를 섬서로 돌렸다.

"섬서에서 태동했다는 천마궁의 주인에 대해 더 알려진 건 없소?"

천마궁의 정식 문도는 기껏해야 백여 명에 불과하다고 했다.

한데 그들에게 한중 일대의 대소문파 십여 곳이 단 보름 만에 무릎 꿇었다고 한다.

충격적인 것은, 그들에게 무릎을 꿇은 문파 중에는 섬서 서부를 장악하고 있던 잔살마문도 포함되어 있다는 점이었다.

마도십삼파 중 하나가 말이다!

어쨌거나 그 와중에 수백 명이 죽고 대지가 붉게 물들었는데, 사람들은 혈풍의 회오리를 일으킨 천마궁의 주인에게 철혈신마(鐵血神魔)라는 별호를 붙여주었다고 했다.

하지만 그게 전부였다.

"알려진 것이라곤 나이가 서른 안팎이라는 것뿐입니다."

나이 서른 안팎이라.

"대단한 자군."

"소문으로는 잔살마문의 문주도 십 초를 버티지 못하고 심장이 터져 죽었다고 합니다."

조용히 듣고 있던 장막심이 눈을 크게 떴다.

"잔살마문의 문주가 십 초만에 무너졌다고?"

"그렇습니다, 대협. 그 바람에, 당장 천마궁을 쳐야 한다고 목소리를 높이던 정파의 대문파들이 갑자기 입을 다물었습니다."

"하긴 잔살마문이 힘없이 무너졌을 정도면 종남파와 화산파도 함부로 할 수 없겠지."

사도무영이 하나를 더 추가했다.

"무당파도 비상이 걸렸을 겁니다. 구천신교와 천마궁, 양쪽에 신경을 써야 할 테니까요."

"그것도 그렇군. 좌우간 이 상황에서 구천신교가 움직인다면 한바탕 폭풍이 몰아치겠는 걸?"

무심코 던진 말이었다.

하지만 그 말을 듣는 순간, 사도무영은 원인을 알 수 없는 전율에 온몸이 떨렸다.

뭔가, 이 기분은?

1.

휘이이잉!

얼음장처럼 차가운 바람이 옷깃 사이를 파고드는 밤.

겨울바람 소리가 유난히 심해질 즈음, 귀마곡 입구에 네 사람이 나타났다.

그들은 모두 복면을 하고 있었는데, 세 사람은 도검을 차고 있고, 한 사람은 맨손에 승복을 입고 있었다.

사도관과 광효, 섭장천, 단학.

장안을 떠나온 그들이 마침내 귀마궁으로 들어가는 귀마곡 입구에 도착한 것이다.

귀마곡을 지키는 경비무사는 모두 삼십여 명. 그중 입구를 지키는 무사는 열 명이었다.

그들은, 복면을 하고 태연히 걸어오는 사도관 일행을 보고 어이가 없는지 장난스럽게 말했다.

"웬 놈들이냐?"

"바보 같은 자식들, 거기서부터 바닥을 기어오면 용서해주마!"

"어떤 놈들이 저런 멍청한 놈들을 보냈지?"

사도관 일행은 기어가지 않았다. 그리고 그들이 생각하는 만큼 멍청하지도 않았다.

광효를 제외한 세 사람은 일제히 무기를 뽑고, 어둠을 가르며 신형을 날렸다.

"어디서 감히 내 집을 치려고 해! 용서치 않겠다!"

"아, 미, 타, 불! 마의 무리를 지옥으로 인도하리라!"

섭장천과 단학은 별 말없이 경비무사들을 공격했다. 그들은 따로 할 말이 없었다.

그로부터 반각도 되지 않아, 귀마궁 전체에 비상을 알리는 북이 울렸다.

둥, 둥, 둥, 둥!

"적이다!"

"귀마곡이 뚫렸다!"

"놈들을 막아라!"

"으악! 미친놈들이다!"

엄호는 비상을 알리는 북소리에 다급히 정청으로 나왔다.
"이게 무슨 소란이냐!"
귀곡당주 위사웅이 급박한 목소리로 대답했다.
"적이 침입했습니다, 궁주!"
"뭐라? 몇 놈이나 되느냐!"
"그게…… 모두 네 명입니다."
"이, 이런……, 지금 그것 때문에 비상을 걸었단 말이냐?"
"엄청난 고수들입니다. 벌써 오십 명이 넘게 놈들에게 당했는데, 개중에는 간부들만도 대여섯 명이나 됩니다, 궁주!"
"뭐야?"
그제야 사태의 심각성을 깨달은 엄호가 빠르게 명을 내렸다.
"혹시라도 나오지 않은 장로와 간부들이 있으면 모조리 불러내! 어서!"
"예, 궁주!"
엄호는 명을 내리고 급히 정청을 나섰다.

사도관 일행이 들어선 지 일각, 말 그대로 귀마궁이 뒤집혔다.
누구도 그들의 앞을 막지 못했다.
특히 상대를 추풍낙엽처럼 쓰러뜨리며 전진하는 광효와 사도관은 공포의 대상이었다.
귀마궁의 장로들도, 간부들도 두 사람의 삼 초를 제대로 넘기는 자가 없었다.

엄호조차 광효에게 장로 셋이 피를 토하며 무너지는 걸 보고 기가 실렸다.

'어디서 저런 괴물이 나타났단 말인가!'

두 사람은 그가 상대할 수 있는 자가 아니었다. 이미 초인의 경지, 절대경지에 들어선 난생 처음 보는 고수들이었다.

자칫하면 오늘 귀마궁이 끝장날지 모르는 상황.

엄호는 귀마궁이 무너져라 악을 썼다.

"모두 목숨을 돌보지 말고 달려들어라! 놈들도 인간이다! 지치면 견딜 수 없을 것이다! 도망치는 놈은 내가 용서치 않을 것이니라!"

어차피 이판사판이었다.

귀마궁의 무사들은 불을 향해 뛰어드는 불나방처럼 사도관 일행을 향해 달려들었다.

엄호도 자신의 장기인 귀환마공을 펼치며 사도관을 공격했다.

사도관은 상대가 귀마궁의 궁주라는 것은 미처 생각지 못했다. 그저 귀마궁에서 강한 놈 중 하나. 그렇게만 생각하고 중천화 육식을 적절히 섞어 쓰며 여유 있게 밀어붙였다.

비록 중천화라지만, 예전의 중천화와는 비교가 되지 않는 위력이었다. 한데도 엄호가 제법 만만찮게 받아치자 의외라는 말투가 흘러나왔다.

"어쭈? 제법인데?"

엄호는 분노가 치밀어 얼굴이 벌게졌다.

"이 죽일 놈이!"

하지만 그의 실력으로는 사도관의 검을 뚫을 수가 없었다.

그러던 어느 순간, 사도관의 검에서 꽃송이가 수도 없이 피어났다.

마침내 대천화의 일식인 일검만화가 펼쳐진 것이다.

대경한 엄호는 정신없이 뒤로 물러났다.

"허억!"

꽃송이가 스칠 때마다 옷이 갈기갈기 찢겨지고 살마저 갈라졌다. 조금만 지체했으면 심장마저 갈라졌을 것이었다.

사도관은 조금만 더 공력을 주입하면 엄호를 죽일 수 있을 것 같았다. 하지만 벌떼처럼 그를 향해 달려드는 자들을 무시할 수 없었다.

"제길! 이제 보니 저놈이 엄호 같은데. 운이 좋군!"

그는 결국 엄호를 포기하고 다른 자들을 상대했다.

엄호는 그 사이 십여 장이나 뒤로 물러나서 숨을 몰아쉬었다.

'역시 내가 상대할 수 있는 놈이 아니야! 대체 저놈이 누군데 저런 무시무시한 검을 쓴단 말인가?'

그는 더 이상 모험하지 않고 수하들만 지옥으로 밀어 넣었다.

그렇게 얼마나 지났을까. 사도관이 버럭 소리를 질렀다.

"그 자식들, 더럽게 끈질기네! 승 형! 이제 그만 갑시다! 어이! 가자고!"

엄호의 말대로 그들도 사람이었다. 인간의 한계를 넘은 초인지경에 도달한 사람.

하지만 그러한 그들도 수백 명을 상대하는 것은 쉬운 일이 아니었다.

그의 말이 끝나기 무섭게 단학과 섭장천이 먼저 몸을 날렸다.

그리고 광효가 아쉬운 눈빛으로 귀마궁의 무사들을 바라보며 뒤로 물러섰다.

아직 지옥으로 보낼 놈들이 많은데, 그런 눈빛이었다.

그때 귀마궁이 쩌렁쩌렁 울렸다.

"한 번만 더 내 마누라 괴롭히면, 한 놈도 남김없이 지옥에다 처넣을 거다! 명심해, 엄호!"

이해할 수 없는 말이 귀마궁의 어둠을 뒤흔들었다.

대체 저 미친놈이 무슨 말을 한단 말인가!

하지만 귀마궁 무사들은 아무런 반박도 하지 않았다. 그들을 쫓지도 않았고.

쫓기는커녕 제발 사라져주기만을 바랐다. 돈을 달라면 주머니를 탈탈 털어서라도 줄 수 있을 것 같았다.

원한? 복수?

그것도 어느 정도 제정신일 때 이야기였다. 지금은 그런 걸 생각할 정신이 없었다.

오죽했으면 환호성을 내지르는 자가 있을까.

"간다! 놈들이 간다! 와아아!"

"드디어 가는구나!"

하지만 누구도 그들을 뭐라고 하지 못했다.

심지어 엄호조차 아무 말도 하지 않았다. 그도 반가웠으니까.

그리고 잠시 후.

죽음 같은 정적 속에서 신음만 들렸다.

어느 정도 정신을 차린 사람들은 주위를 둘러보며 말을 잊었다.

드넓은 귀마궁 앞마당이 온통 시신과 부상자들로 가득했다.

단 네 사람이 왔다갔을 뿐이거늘!

섭장천을 상대하다 피로 범벅이 된 엄우청이 멍한 표정으로 주위를 둘러보며 중얼거렸다.

"이건…… 꿈이야. 분명 꿈일 거야."

엄호는 너무나 엄청난 충격에 몸을 부들부들 떨며 고래고래 소리 질렀다.

"대체……, 대체 저놈들이 누군데! 왜! 왜 우리를 공격했단 말이냐! 내가 언제 저 미친놈의 마누라를 괴롭혔다는 거야! 내가 언제!"

진짜 미칠 일이었다.

천보장에 선전포고를 한 날짜가 이틀밖에 남지 않았다. 한데 천보장에 피의 보복을 하기는커녕 이제는 천보장의 역공을 걱정해야 할 판이었다.

'황금선랑 이영영이 설마 우리를 치겠다고 하지는 않겠지?'

2.

　이상할 정도로 강호가 조용했다.
　하루하루가 폭풍전야처럼 느껴졌다.
　조화설과 함께 있으니 행복감만 느껴야 하는데 마음은 그러지를 못했다.
　더구나 흑사방도 제갈세가와 정천맹 때문에 제대로 움직이지 못하다 보니, 돌아가는 상황을 알 수가 없어 답답하기만 했다.
　'후우, 아무래도 화설 누이를 먼저 옮겨야겠어.'
　조화설의 안전만 보장된다면 당장이라도 움직일 수 있을 것이었다.
　결정을 내린 사도무영은 장막심을 남장으로 보내 마차를 구해오도록 했다. 그리고 장원의 담을 따라 형성된 정원을 이용해 기문진을 설치하기 시작했다.
　기문진을 완성하는데 꼬박 하루가 걸렸다. 담장 안쪽으로 빙 둘러서 만들어진 진은 모두 열두 개였다.
　종리곽이 봤다면 배를 잡고 뒹굴 만큼 아주 단순한 진세.
　하지만 진을 모르는 사람의 발을 한동안 붙잡기에는 그것만으로도 충분했다.
　더구나 조화설이 진에 대한 것을 많이 알고 있어서, 단순한 기문진임에도 제법 완성도가 높았다. 표도 거의 나지 않았고.
　'이 정도면 절정고수라 해도 곧바로 빠져나올 수 없을 것

같군.'

 혼자만의 생각이 아니었다. 시험을 해보았다. 수라단원 중 전구산과 막도를 집어넣고.

 두 사람은 얼굴이 벌게진 채 반각이 조금 넘어서야 겨우 빠져나왔다. 그나마도 정신력이 강했기에 가능한 일이었다.

 "쓰벌, 아무리 가도 끝이 안 나오네. 우리 장원이 이렇게 큰 줄 처음 알았다니까."

 "난 꿈을 꾸는 줄 알았어. 그래서 그냥 누워서 잘까 했는데 바닥이 차갑더라고."

 두 사람은 너스레를 떨어대며 신기하다는 표정을 지었다.

 사도무영은 모두에게 진의 운영에 대해서 알려주었다.

 아주 간단했다.

 "갑자기 환경이 변하면, 무조건 눈을 감고 제가 걸어가라는 곳으로 걸어가면 됩니다. 오른쪽으로 몸을 돌려서 삼보, 왼쪽으로 돌려서 사보, 오른쪽으로 오보, 왼쪽으로 칠보. 그러고 눈을 떠봐서 그대로면 다시 반복해서 걷고. 알겠습니까?"

 수라십이살은 금방 알아듣고 고개를 끄덕였다. 수라단원들도 대부분은 알아들은 듯했다.

 그런데 몇 명이 머리를 박박 긁으며, 다시 말해주었으면 하는 표정을 지었다.

 미고가 그들을 보더니 비웃음 가득한 표정으로 말했다.

 "호호호, 그게 뭐 외우기 힘들다고 그런 표정이야? 왜 여자

하고 그거 할 때 우삼삼, 좌삼삼 하잖아. 그렇게 외워. 우삼보, 좌사보……."

그제야 머리를 긁던 자들의 표정이 환해졌다.

"아하, 그런 방법이 있었네."

사도무영도 미고가 한 말이 무슨 뜻인지 알기에 얼굴이 벌게졌다.

'하여간……'

3.

사도관은 귀마궁을 쑥대밭으로 만들고 일행들과 닷새 만에 장안으로 돌아왔다.

아들과 자신을 괴롭혔던 놈들을 박살내니 속이 다 시원했다.

'진작 쫓아가서 혼내줄 걸. 나중에 또 갈까?'

짜증나는 일이 있을 때마다 한 번씩 가면 괜찮을 듯싶었다.

그렇게 흐뭇한 표정을 지으며 안으로 들어가자 강후가 그간의 일을 말해주었다.

"순우 공자가 다음 날 오셨다가, 관 대협께서 돌아오실 때쯤 찾아온다며 다시 포검산장으로 가셨습니다. 그런데 순우 공자 말씀으로는, 천마궁이 한중을 집어삼킨 후 세력을 서서히 키우고 있긴 한데, 그들도 세력을 정비하느라 당장 장안을 칠 것 같지는 않다고 합니다."

"그래? 그럼 뭐 걱정할 것 없군."

사도관은 간단하게 결론을 내리고 나민을 바라보았다.

"우리 화청지에 다녀올까?"

"언제 무슨 일이 벌어질지 모르는데 화청지는요."

다른 사람 말은 몰라도, 나민이 먹지 말라면 사흘도 굶을 수 있는 사도관이었다. 조금 아쉽긴 했지만.

대신 그는 아쉬움을 다른 것을 하며 풀기로 했다.

"그것도 그러네. 아구구, 정신없이 귀마궁까지 갔다 왔더니 몸이 쑤시는군. 승 형, 오늘은 그만 쉽시다. 어이, 장천. 자네도 가서 쉬어. 단 형도 가서 푹 쉬고."

나민은 그런 사도관을 흘겨보았다.

사도관이 무슨 생각으로 그러는지 뻔히 보인 것이다.

단학과 섭장천도 대충 사도관이 원하는 바를 알았지만 굳이 방해하지는 않았다.

"그럼 대공, 내일 뵙겠습니다."

"사도 대협, 편히 쉬십시오."

그런데 광효가 말했다.

"천마궁이 힘을 키울 때까지 놔둘 건가?"

사도관이 광효를 째려보았다.

"그럼 어떻게 합니까?"

"우리가 직접 한중으로 가 보자."

명심해, 엄희 157

말도 안 되는 소리! 남들이 다 자기처럼 싸우지 못해서 안달 난 사람인 줄 아나?

'귀마궁에서 수십 명이나 때려죽였으면서 그것으로도 모자라나? 하여간 저 양반의 광증은 약도 없다니까……'

사도관은 자신의 즐거움을 방해하려는 광효를 향해 단호히 거부의사를 밝혔다.

"그놈들은 귀마궁과 질적으로 다른 놈들입니다. 우리만 갔다가는, 놈들을 치기는커녕 우리가 당할 걸요? 너무 급하게 서둘지 말고, 용검회에서 철저히 파악하고 있다고 하니까, 일단 그들에게 소식이 들어올 때까지 기다려 봅시다."

오랜만에 싸움다운 싸움을 한 광효는 사흘이 지났는데도 끓어오른 광기가 가라앉지 않았다.

그는 한중으로 가서 백마동의 무리와 한판 싸우고 싶었다. 그들이라면 자신의 광기를 식히기에 충분할 것 같았다.

하지만 사도관이 단호하게 반대하니 고집을 피울 수도 없었다. 사도관의 말도 일리가 있었고.

"으음, 얼마나 기다려야 할 거라 보는가?"

"한 닷새는 더 걸려야 하지 않겠습니까?"

"닷새라……. 좋다. 하지만 닷새가 지나도 소식이 없으면 우리가 직접 한중으로 가자."

솔직히, 사도관은 닷새가 아니라 열흘 동안 소식이 없어도, 자신들끼리만 한중으로 가고 싶은 마음이 없었다. 그래도 일단은 광효의 말에 맞춰주는 척했다.

닷새 후의 일은 그때 가서 생각하면 되었다.

"생각해 보죠 뭐."

그는 광효가 또 입을 열기 전에 재빨리 돌아섰다.

"자, 들어갑시다. 어구구구, 어깨가 왜 이리 뻐근하지? 허리도 욱신거리고."

속도 모르고 광효가 또 나섰다.

"아, 미, 타, 불. 나에게 본사 고유의 요상법이 있다. 내가 손봐주마."

미쳤수?

사도관은 들은 척도 않고, 나민의 팔을 잡고서 빠르게 안쪽으로 들어갔다.

"승 형, 내일 봅시다."

"나에게 아주 좋은 요상법이 있다니까!"

'필요 없다니까!'

단학과 섭장천은 차마 웃지는 못하고, 입을 씰룩거리며 돌아섰다.

광효가 그들의 등에 대고 말했다.

"너희들도 아프면 말해라. 내가 치료해주마."

두 사람도 빠르게 방을 빠져나갔다.

"저는 괜찮습니다, 승 형."

"수하들을 만나봐야겠습니다. 그럼 이만······."

광효의 무지막지한 손에 몸을 맡기느니, 차라리 하루 이틀 몸이 뻐근한 게 나았다.

다음 날 아침.
'흠, 며칠 만에 했더니 온몸의 피로가 다 풀린 것 같군.'
사도관이 전날 밤을 생각하며 만족한 표정으로 느긋이 쉬고 있는데, 포검산장으로 갔던 순우연이 돌아왔다.
"대협, 잘 다녀오셨습니까?"
"걱정해준 덕에 잘 해결되었네."
'저 친구는 좋아하는 여자가 있을까? 여자하고 그걸 해봤을까?'
사도관은 순우연을 보며 엉뚱한 생각을 해보았다.
좋아하는 여자가 있으면 며칠씩 자신들과 함께 있지 않을 텐데, 그런 생각이 들기도 했다.
'없으면 우리 교교를 소개시켜 줄까?'
순우연은 사도관이 얼마나 위험한(?) 생각을 하고 있는지도 모르고 심각한 표정으로 말했다.
"아무래도 천마궁의 기세가 심상치 않습니다."
"어떤 점이 말인가?"
"한중의 무인들은 촉산의 영향을 받아서 그런지, 본래부터 대가 무척 세서 패한다 해도 쉽게 고개를 숙이지 않지요. 그런데 들어온 소식에 의하면, 한중 일대의 모든 마도인들은 물론이고, 심지어 정파로 분류되었던 자들까지 모두 천마궁에 고개를 숙이고 무릎을 꿇었다 합니다."

"호오……."

사도관은 뒤로 처졌던 몸을 곧추세웠다.

그게 사실이라면 보통 놈들이 아니었다. 특히 천마궁을 이끄는 놈은 정말 요주의 인물이 아닐 수 없었다.

"천마궁주의 정체에 대해선 밝혀졌나?"

"나이가 서른쯤 된다는 것 외에는 아무것도 밝혀지지 않았습니다. 사람들은 그의 이름이 밝혀지지 않자, 철혈신마라는 별호로 부르고 있다 합니다."

"철혈신마……. 멋진 별호군."

무지 부러웠다.

자신은 언제쯤 그렇게 멋진 별호를 얻을 수 있을까?

"그래, 용검회에선 어떻게 할 생각인가?"

"당장 장안으로 오지는 않을 것 같다는 판단 하에, 어르신들께선 일단 그들의 행동을 지켜볼 생각인 것 같습니다."

"종남과 화산이 움직일 거라는 말도 있던데."

"천마궁의 힘이 예상했던 것보다 훨씬 강력하다는 것을 그들도 지금쯤 알았을 겁니다. 그렇다면 위협을 느끼고 나름대로 대처하려고 하겠지요."

"용검회가 그냥 지켜보기만 할 것 같진 않은데……?"

순우연이 머뭇거리다 결국 입을 열었다.

"사람들을 보내서 놈들의 세력을 좀 더 자세하게 알아볼 생각입니다. 그런 연후 벽검산장을 장안으로 불러들일까합니다."

"벽검산장을? 하필 지금 같은 때?"

"당장 그들이 저지른 일을 처리하자는 게 아닙니다. 일단은 그들을 이용해 천마궁을 막고, 어느 정도 상황이 정리된 후에 그들의 죄를 물을 생각이지요."

죄를 추궁하기 전에 최대한 이용해 먹겠다?

'쿵, 용검회도 별거 아니네. 잔머리나 굴리고. 남자라면 정당하게 힘으로 콱 누를 생각을 해야지 말이야.'

어쨌든 사도관으로선 손해 볼 게 없었다. 자신의 목적만 달성된다면, 그들끼리 멱살을 잡고 싸우든, 물구나무서서 싸우든 상관할 일이 아니었다.

"그들이 순순히 말려들 거라 생각하나?"

"비밀리에 추진하는 일인 만큼 그들도 당장은 어쩔 수 없을 것입니다."

"만약 포검산장의 수뇌부에 벽검산장의 간세가 있다면 거꾸로 당할지도 모르는데?"

"저희도 그런 염려 때문에 그 일을 알고 있는 사람을 최소화하고서 계획을 세우고 있습니다."

"만약 그들 중에 간세가 있다면?"

사도관이 계속 꼬투리를 잡고 늘어졌다.

순우연은 짜증내지 않고 순순히 대답했다. 성격 하나는 정말 순했다.

"벽검산장에 대한 계획을 자세히 아는 사람은 열 명이 되지 않습니다. 모두 저희 순우가의 어르신들이지요."

사도관은 천천히 고개를 끄덕였다.

그래도 만에 하나 비밀이 새어나갈 가능성이 없는 것은 아니었다. 하지만 더 추궁하면 용검회를 믿지 못한다는 말. 사도관은 그쯤에서 말을 돌렸다.

"정천맹은 포검산장이 용검회인 줄 알고 있나? 알면 함께 천마궁을 막자고 할 게 분명한데 말이야."

"아직 모르고 있는 것으로 알고 있습니다만, 또 모르지요. 알고도 모른 척하고 있는 것인지. 좌우간 천마궁의 위협이 더 커지면, 어떤 식으로든 그들의 의도가 드러나겠지요."

"흠……."

사도관은 턱을 쓰다듬었다.

용검회, 천마궁, 거기다 정천맹까지!

만약 그들이 섬서에서 뒤엉켜 싸운다면 천하가 지켜볼 것이다.

그 한가운데 자신이 우뚝 서 있다는 게 알려지면?

―알고 보니, 섬서 대회전의 영웅 사도관이 천보장 장주 황금선랑 이영영의 남편이었다!

그런 말이 천하를 태풍처럼 휩쓸면?

'마누라가 놀라 자빠지겠지!'

우러러보는 것까지 기대하지는 않았다. 그럴 여인도 아니고.
그저 돌아오면 패겠다는 생각만 접어도 충분했다.
'크크크, 그때 나민을 쓱 소개시키는 거야! 그럼 어쩔 거야?'
불만이 있어도 어쩔 수 없겠지!
사도관은 씩, 웃으며 순우연에게 물었다.
"근데 자네, 여자하고 그거 해봤나?"
"예?"
영문을 모르겠다는 표정.
굳이 더 물을 것도 없었다.
'쯔쯔쯔……'

1.

사도무영은 아침을 먹자마자 떠날 준비를 서둘렀다.

장막심이 구해온 마차는 말 두 마리가 이끄는 쌍두마차였다.

마차는 제법 컸다. 대여섯 명이 타도 될 정도였다. 은자 마흔 냥을 줬다고 했으니 가격도 적당했고.

한데 뭐가 불만인지 장막심의 표정이 별로 밝아 보이지 않았다.

사도무영은 마차에 망혼진인과 조화설, 적소연만 타도록 했다. 그리고 깊이 숨겨 놨던 황금 중 일부를 꺼내 실었다. 혹시라도 운양장이 구천신교에 들킬 경우 자금을 나누어 놓는 게 좋을 것 같았던 것이다.

동행할 인원은 최소한으로 줄였다. 장막심과 양류한, 도담, 적도광만이 함께 가기로 했다.

추강에게는 장원의 경비책임을 맡겼다. 감교악의 호위대 대주였던 만큼 장원의 안전을 위해선 최고의 적임자였다.

"내가 돌아올 동안 수련을 하면서 흑사방에서 가져오는 정보를 모아놓으시오. 특별한 경우가 아니면 외부활동을 자제해야 한다는 점 명심하시고."

"예, 령주."

"그리고 수라단원 중 말썽을 피우는 자가 있으면 나중에 말하시오. 내가 특별 수련을 시킬 테니까."

추강의 입술이 살짝 일그러졌다.

"알겠습니다."

반면 지켜보던 수라단원들은 소리 내지 않고 속으로 사도무영을 씹어댔다.

'좌우간 못 잡아먹어서 한이라니까.'

'그냥 가면 오죽 좋아? 꼭 저런 말을 해야겠어?'

'가다가 바퀴나 확 빠져버려라.'

'빨리 강해져서 저 주둥이를 한 대 갈겨줘야 하는데······.'

그러다 사도무영이 바라보자 일제히 허리를 숙였다.

"다녀오십쇼, 령주!"

"이곳은 저희가 책임지고 지키겠습니다!"

말썽이나 부리지 않으면 다행이지.

사도무영은 수라단을 쓱 훑어보고 몸을 돌렸다.

장막심이 마차를 몰기로 했다.
싫어도 어쩔 수가 없었다. 망혼진인도 사도무영도 양류한도 마차를 몰아본 적이 없었다. 도담과 적도광은 아예 말을 타본 적도 없고.
장막심은 장원을 나서기 전 말에게 다가갔다. 그러고는 말의 눈을 바라보며 눈싸움을 벌였다.
"말 듣지 않으면 골통을 부술 테니 그리 알고 움직여라, 이 망할 놈의 말들아."
말들은 꿈쩍도 하지 않았다. 오히려 히힝 하며 울어대는 것이 꼭 장막심을 비웃는 것 같았다.
"이 빌어먹을 망아지가."
장막심이 눈을 부라리는 걸 보고 사도무영이 물었다.
"형님, 왜 그러는 겁니까?"
"어, 별거 아냐. 원래 말을 몰 때는 기를 죽여야 하거든. 하, 하, 하."
그게 아니었다. 어제 남장에서 마차를 끌고 오는데 말이 말을 듣지 않았다.
그는 자신이 마차를 모는 게 서투르다는 것은 생각도 않고, 말이 기가 세서 자신의 말을 듣지 않는다고만 생각했다.
그래서 눈싸움을 벌였는데, 감히 비웃다니!

'말 안 듣는 놈부터 확 잡아먹어버려야지.'
그런데 사람들이 말고기를 좋아할까?
'배고프면 먹겠지 뭐.'

장원을 나선 마차는 일단 동쪽으로 향했다.
정상적이라면 남장을 통해서 내려가는 게 빨랐다. 하지만 남장은 현재 벽검산장과 정천맹의 눈이 너무 많아서 조금 돌아가더라도 안전한 길을 택하기로 했다.
최종 목적지는 동정호의 삼령도.
종리고명이 신교의 눈을 피해 오랫동안 살아온 곳. 그곳이라면 한동안 안전할 것이었다.
황산이나 다른 곳도 생각해 보았다. 하지만 날이 추워지는 계절이니 동정호가 나을 것 같아서 그곳으로 가기로 했다. 종리곽이라면 망혼진인의 친구가 되어줄 수도 있을 것이고.
마부석에 사도무영과 장막심, 양류한이 함께 앉고, 도담과 적도광은 양쪽에서 걸어갔다.
이십 리 가량 가자 한수의 물줄기를 따라 남쪽으로 뻗은 관도가 나왔다.
마차는 그곳에서 남쪽으로 방향을 틀었다.
싸늘한 바람이 등 뒤에서 불어왔다. 저 멀리 강가의 옅은 갈색으로 변한 갈대들이 바람결에 춤을 추고, 바람에 휩쓸린 낙엽이 스산한 소리를 내며 마차와 함께 남쪽으로 굴러갔다.

사도무영은 하늘을 올려다보았다. 흐릿했다.
'섬서에 눈이 왔다고 했으니 여기도 곧 눈이 내리겠군.'

태양이 중천에 뜬 미시 초.
장막심이 주위를 둘러보더니 마차를 멈춰 세웠다.
"여기서 점심을 해결하고 가지. 말도 좀 쉬어야 하니 말이야."
"그러죠."
사도무영은 마부석에서 내려와 마차 문을 열었다.
순간 적소연이 앞으로 꼬꾸라지며 사도무영의 품으로 달려들었다.
"어머나!"
사도무영은 엉겁결에 적소연을 안아들었다.
"너……."
"후우, 하마터면 큰일 날 뻔했네."
적소연은 절벽에 매달려 있다 구함을 받은 사람처럼 입술을 쏙 내밀고 안도의 한숨을 내쉬었다. 사도무영의 목을 꽉 붙든 채.
'에헤헤……'
답답하던 차에 두 사람의 대화를 듣고 문을 열려고 손을 뻗었는데, 문이 갑자기 열린 바람에 중심을 잃었다.
아마 앞에 다른 사람이 있었다면 재빨리 중심을 잡았을 것이다. 하지만, 사도무영이 보이자 중심 잡는 걸 포기해 버리고 오히려 사도무영의 품으로 뛰어들었다.

아무리 생각해도 적절한 판단이었다.

사도무영은 품에 안긴 채 배시시 웃는 적소연을 옆으로 내려놓고 째려보았다.

고의적인 행동이라는 걸 그가 왜 모를까.

적소연도 일류 수준의 고수. 그 정도 중심을 잡지 못한다는 건 말이 되지 않았다.

'그냥 비켜버릴 걸 그랬나?'

그러지 못하고 붙잡은 걸 보면, 그래도 적소연이 아주 싫지는 않다는 반증이었다.

언뜻 사부가 묘한 눈으로 쳐다보는 게 보였다.

더 상대해봐야 남는 것도 없는 상황. 그는 고개를 돌려 마차 안을 바라보았다. 조화설은 아예 웃고 있었다.

'쳇, 뭐가 재미있다고……'

"사부님, 누이, 나오시죠. 여기서 식사를 하고 가요."

먼저 밖으로 나온 망혼진인이 나직이 물었다.

"무영아, 네가 피했으면 저 아이가 넘어졌을까?"

아마 안 넘어졌을 것이다. 그것까지 생각하고 뛰어들었을 테니까.

'그러니까 제가 여우라고 하죠.'

닷새 이상 걸릴 거라 생각했기에 간단한 도구를 가져온 터였다. 그중에는 작은 솥도 있었고, 향료와 음식 재료도 제법 되었다.

장막심이 근처의 마른 나무를 주워오더니 불을 피운 후 죽을 끓였다.

산에서 오랫동안 혼자 산 사람답게 솜씨가 제법 괜찮았다.

뱃속에서 따뜻한 열기가 피어오르자 사람들의 표정에도 여유가 생겼다.

그렇게 반 시진, 식사를 거의 마칠 즈음이었다.

십여 명이 관도 저편, 야트막한 언덕을 넘어왔다. 모두 무사들이었다.

"제갈세가의 사람들이군. 아니 정천맹인가?"

장막심이 말하며 눈을 좁혔다.

사도무영도 그들의 복장을 보고 곧바로 정체를 알아챘다.

제갈세가의 사람만 있는 것이 아니었다. 도복을 입은 사람도 두엇 있고, 제갈세가의 복장과 조금 다른 무복을 입은 사람도 몇 있었다.

무인들과 마주치지 않기를 바랐거늘, 첫 날부터 틀려버렸다.

하긴 사방에 정천맹과 벽검산장의 사람들이 깔린 상황이 아닌가. 어쩌면 욕심이었을지도 몰랐다.

'그래도 벽검산장의 사람들과 마주친 것보다는 낫군.'

사도무영이 그렇게 위안을 삼고 있는데 그들과의 거리가 가까워졌다.

그들도 사도무영 일행 중 무인이 다수임을 알고 신중한 표정으로 접근했다.

모두 열세 명이었는데, 거리가 오 장 정도로 줄어들자 약속이라도 한 듯이 걸음을 멈췄다. 그리고 그들 중 한 사람이 앞으로 두어 걸음 나오며 물었다.

"우리는 정천맹 비영당의 무사들이오. 그대들은 어디에서 오신 분들이오?"

장막심이 불쑥 손을 들더니 북쪽을 가리켰다.

"저어어어기에서 왔소."

질문을 한 자는 제갈세가 무사들과 복장이 달랐다.

겉치레에 꽤나 신경을 쓴 흔적이 여기저기 엿보였다.

신발이나 무복, 머리를 질끈 묶은 영웅건까지 깔끔한 짙은 감색이고, 거기다 등에 맨 검에서는 파란 수실이 바람에 흔들렸다.

나이는 서른 중반쯤?

그는 장막심의 대답에 기분이 상했는지 눈살을 찌푸렸다.

'산도적 같은 놈이 지금 장난하나?'

그러나 왠지 께름칙한 기분에 막말은 하지 않았다.

"저기가 어디란 말이오? 좀 더 구체적으로 말해보시오."

장막심이 그를 노려보며 손을 뒤로 쭉 뻗었다.

"좋소. 구체적으로 알려드리지. 자, 내 손끝을 잘 보셔. 저어어어기."

감색 장삼을 입은 무사는 손끝 대신 눈을 노려보았다.

"당신 지금……."

괜한 소란이 일어나기 전에 사도무영이 나섰다.

"대협, 우리는 마차를 호위하는 보표들입니다. 수상한 사람이 아니니 걱정 마시고 갈 길을 가시지요."

'후우, 이런 놈들하고 다투면 나만 손해지.'

화산의 속가제자이자 비영당 제이 향주인 정소철은 분노를 꾹 참고 사도무영 일행을 훑어보았다. 그러다 조화설과 적소연을 보고는 눈을 크게 떴다.

옷차림이 수수해서 크게 신경 쓰지 않았는데, 가까이서 보니 그야말로 절세미인이 아닌가.

"저 여인들을 호위하는 건가?"

그는 사도무영의 나이가 어리다는 걸 알고 당장 반말로 말했다. 그래도 스물두어 살로 봤지만.

"그렇습니다. 그리고 여기 계신 어르신도 같은 일행이시지요."

정소철은 여인들의 표정이 평온한 것을 보고 별다른 의심을 품지 않았다.

보표들이 여인과 노인을 보호해서 먼 길을 가는 일은 강호 어디에서든 흔히 볼 수 있는 일이었으니까.

한데 그의 뒤에 서 있던 사람 하나가 의문을 표했다.

"저기 있는 분도 보표요?"

그는 푸른 도복을 입고 송문검을 매고 있었다. 무당의 제자인 정인이었는데, 그가 가리킨 사람은 적도광이었다.

"그렇습니다. 무슨 문제라도 있습니까?"

딱히 문제라고 할 것은 없었다. 다만 적도광에게서 느껴지는 싸늘한 기운이 왠지 께름칙해서 물어본 것일 뿐.

"사문이 어떻게 되는지 알고 싶소만?"

"왜 그걸 알고 싶어 하시는 겁니까?"

"구천신교의 무리들이 보강 근처까지 내려와 있소. 정체가 확실치 않으면 의심받을 수밖에 없는 상황이오."

"저 사람은 우리와 동료가 된 지 꽤나 오래 되었습니다. 구천신교와는 아무런 상관도 없지요."

그때였다. 제갈세가의 사람들 중 하나가 앞으로 나서며 적도광을 노려보았다.

"잠깐! 저자에게 검을 내보이라고 해라!"

갑작스런 요구에 정소철이 제갈세가의 무사를 바라보았다.

"무슨 일인데 그러나?"

"저자의 검에 있는 표식이 제가 들었던 것과 비슷합니다. 그래서 확인해 보려고 그럽니다."

"표식?"

"예, 향주. 일전에 구천신교를 치러 갔던 오호단 단원에게서 적의 무기와 복장에 있는 표식에 대해 들은 적이 있습니다.

그런데 저자의 검에 그와 똑같은 표식이 있습니다."

사도무영은 쓴웃음을 지었다.

제갈세가 무사의 말대로 적도광의 검병에는 표식이 있었다. 수라종파 특유의 아수라 문양이.

설마 그것을 알아볼 줄이야.

생각지도 못했던 일이었다.

'너무 방심했군. 진작 신경을 썼어야 했는데.'

그때 정소철이 소리쳤다.

"모두 무기를 내려놓고 일어나라!"

동시에 정천맹 무사들이 무기를 빼들고는, 부챗살처럼 퍼지며 사도무영 일행을 포위했다.

장막심은 입맛을 쩝쩝 다시며 일어나고, 양류한은 무심한 표정으로 검을 집었다.

도담과 적도광도 몸을 일으켰다. 모두가 태연한 얼굴이었다.

그들이 무기를 들고 일어나자, 정천맹의 무사들은 잔뜩 긴장한 표정으로 검을 내밀었다.

사도무영은 별수 없이 자신의 정체를 밝혔다.

"오해하지 마십시오. 나는 사도무영이라고……."

하지만 그가 말을 맺을 새도 없이 정소철이 냉랭히 소리쳤다.

"입 다물고 무기를 내려놔! 내려놓지 않으면 공격할 것이다!"

"이것 보세요. 내 말을 들어보고……."

정말 구천신교의 무리라면 커다란 공을 세울 수 있는 기회였다. 절대 놓칠 수 없었다.

정소철은 검을 들어 사도무영을 가리켰다.

"이제부터 시키지 않은 말은 하지 마라!"

"나도 말이냐?"

망혼진인이 불쑥 물었다.

정소철은 멈칫하며 망혼진인과 조화설, 적소연을 바라보았다.

"혹시 저자들에게 협박당하고 있는 건 아닙니까?"

"내가? 내가 왜?"

"그럼 노인장도 저들과 한 패란 말입니까?"

"한 패라기보다, 저 아이는 내 제자야."

한껏 들떠있던 정소철은 깊이 생각해 보지도 않고 버럭 소리를 질렀다.

"뭐라고? 이제 보니 늙은이도 한 패였구나!"

휘이익!

망혼진인의 신형이 어른거리는가 싶더니 정소철을 덮쳤다.

"헉!"

정소철은 눈에 보이지도 않는 망혼진인의 빠름에 대경하며 급히 검을 내질렀다.

그도 정천맹 오당 중 비영당의 향주를 맡을 만큼 일류고수로 손색이 없는 사람이었다.

하지만 망혼진인의 선풍류가 한 걸음, 아니 몇 걸음 빨랐다.

허깨비처럼 검영 사이를 파고든 망혼진인은 정소철의 뺨을 냅다 후려쳤다.

 짝!

 "뭐? 늙은이? 화산에서 그렇게 가르치더냐!"

 정소철은 화끈한 충격을 받고 주르륵 물러났다.

 그걸 본 정인이 소리치며 달려들었다.

 "멈추시오!"

 그와 함께 다른 자들도 정소철 곁으로 달려왔다.

 "어허! 거기까지! 더 다가오면 책임 못 져!"

 장막심이 넉 자 길이 커다란 검을 척! 들어 올려 휘저었다.

 후우우웅!

 거센 검풍이 위협적인 소리를 내며 밀려들자, 달려들던 자들이 주춤거리며 물러섰다.

 그 사이 훌쩍 몸을 날려 제자리로 돌아간 망혼진인이 고개를 저으며 혀를 찼다.

 "쯔쯔쯔, 세상 무서운 줄 모르는 놈들. 만일 우리가 진짜 구천신교 사람들이었다면 네놈들은 다 죽었어, 이놈들아. 적어도 상대가 어떤 사람들인지는 알고 대들어야지."

 정인은 정소철처럼 들뜬 상태가 아니었다. 하기에 뭔가가 이상하다는 것을 눈치채고 망혼진인에게 물었다.

 "노선배께선 뉘십니까?"

 "말해줘 봐야 모를 건데, 알아서 뭐하게?"

"강호의 대선배님이시면 후배로서 큰 실례를 범한 것이니 사과해야 하지 않겠습니까?"

망혼진인은 정인을 쩨려보며 툭툭 던지듯이 쏘아붙였다.

"그러니까, 누군지 알아야 사과를 하겠다? 만일 별 볼일 없는 사람이면? 그럼 사과할 생각이 없고? 그런 거냐?"

"저, 그게 아니라……."

정인은 마땅히 대답할 말을 찾지 못하고 더듬거렸다.

그때 사도무영이 나서며 물었다.

"천유검 제갈 대협께선 어디 계시오?"

"단주님을…… 아시오?"

"얼마 전 제갈세가에 갔을 때 만난 적이 있소. 그분에게 사영이라는 이름을 말하면 모든 오해가 풀릴 것이오."

한쪽에 서 있던 제갈세가의 무사가 눈을 휘둥그렇게 뜨고 물었다.

"정말 당신이 사영이란 말이오?"

"그렇소."

사도무영의 대답에 제갈세가의 무사가 정인에게 말했다.

"장로님께서 사영이란 분을 만나면 반드시 모시고 오란 말씀이 있었습니다."

"제갈 대협이?"

제갈신운이 찾는 사람. 정말 앞에 있는 자가 그 사영이라면 지금까지 자신들이 실수를 저질렀다는 말이 아닌가.

정인은 적도광의 검과 사도무영을 번갈아보며 곤혹한 표정을 지었다.

"그럼 저분의 손에 들린 검은 어떻게 된 겁니까?"

"그 일에 대해선 당장 말해줄 수가 없소. 다만 당신들의 적이 아니라는 것만은 분명하오."

정인이 정소철을 바라보았다.

"향주……."

정소철은 망혼진인에게 얻어맞은 후 들떴던 기분이 푹 가라앉은 상태였다. 분하다는 생각은 들지 않았다.

비록 한순간 들떠서 실수를 하긴 했지만 그는 우둔한 자가 아니었다. 그는 자신이 어떤 실수를 했는지 망혼진인의 말을 듣는 순간 바로 깨달았다.

상대가 누군지 알아보지도 않고 무작정 접근하다니. 상대의 실력이 어느 정도인 줄도 모르고 함부로 검을 들이대다니.

노인의 말대로, 앞에 있는 자들이 적이었다면 자신들은 모두 죽었을 것이 아닌가.

'제길, 저 노인만 해도 우리 모두를 합친 것만큼이나 고수가 분명해.'

그게 아니더라도, 최소한 자신을 일초에 죽일 수 있는 고수임은 분명했다.

정소철은 망혼진인의 눈과 마주치지 않으려고 노력하면서 사도무영에게 물었다.

"그럼 우리와 함께 제갈 대협께 갈 수 있겠소?"

어쩌면 잘 된 일일지도 몰랐다. 어차피 사도무영도 돌아가는 상황에 대해서 한 번쯤 자세한 것을 알고 싶었다.

"앞장서시오."

2.

융중산으로 들어가는 초입까지 두 시진이 걸렸다.

쉬지 않고 달려서 말들도 지쳤는지 입에서 거품을 흘렸다. 한데도 장막심은 말을 조금도 불쌍하게 생각하지 않았다.

일각 전이었다. 한 뼘 깊이밖에 안 되는 냇물을 건너는데 말들이 물속으로 들어가지 않고 갑자기 멈춰 섰다. 그 바람에 하마터면 꼬꾸라질 뻔했다. 마차 안에서는 망혼진인의 욕설이 들렸고.

"야 이놈아! 마차 똑바로 안 모냐!"

그 일 역시 그가 마차를 모는 게 미숙해서 생긴 일이지만, 그는 절대 그렇게 생각하지 않았다.

말이 멍청해서 그런 거지!

워워!

장막심은 제갈세가의 정문 앞에 도착하자 말을 멈춰 세웠다. 그러고는 훌쩍 뛰어내려서 허리를 틀었다. 남들에게 보라는 듯.

"어우, 힘들다."

뒤이어 내린 사도무영이 마차 안을 향해 말했다.

"사부님, 누이, 내리십시오. 다 왔습니다."

그러고는 옆으로 비켜서서 마차 문을 잡아 당겼다.

"어머나!"

이번에도 적소연이 깜짝 놀란 표정으로 튀어나왔다.

하지만 그녀의 앞에는 사도무영 대신 멀뚱한 표정의 장막심이 서 있었다.

적소연은 뒤늦게 사도무영이 아님을 알고 황급히 손을 뻗었다.

장막심은 적소연의 비명 아닌 비명이 들리자 자신도 모르게 고개를 돌렸다.

철퍽!

그녀의 섬섬옥수가 장막심의 얼굴을 덮었다. 제법 세게!

"죄송해요, 령주님인 줄 알았지 뭐예요. 근데 왜 거기 서 계셨어요?"

적소연이 안으로 들어가며 조잘댔다. 미안하긴 미안한 듯했다. 그런데 사과하는 것도 아니고, 따지는 것도 아니고, 내용이 어정쩡했다.

장막심은 적소연이 후려친 코를 만지며 속으로 구시렁거렸다.

'밤톨만한 아이에게 화를 낼 수도 없고……. 끄응. 근데 쪼

고만 것이 무슨 손때가 이리 매워?'

하지만 자존심이 있지, 그깟 일로 성난 모습을 보일 수는 없는 일이 아닌가.

그는 억지로 웃으며 코맹맹이 소리로 말했다.

"하, 하, 말을 모는 게 보기에 편한 것 같아도 그게 아니란다. 그래서 허리운동을 했던 거지."

"허리가 약한가 봐요? 부인들은 남편이 허리 약하면 싫어한다는데."

헉!

장막심은 재빨리 주위를 둘러보았다. 사람들이 모두 자신을 바라보는 것 같았다.

걸음을 빨리 옮긴 그는 적소연에게서 멀어졌다.

말 몇 마디로 모든 것을 해결한 적소연이 그런 장막심을 보며 빙그레 웃었다.

'정말 순진한 아저씨라니까.'

사도무영은 일행을 객당에서 쉬게 하고 혼자서 제갈신운을 만나러 갔다.

다른 사람들도 객방에서 쉬는 것을 원했다.

사도무영이 같이 가자고 했으면 모를까, 두 사람의 대화를 들으며 따분한 시간을 보내느니 그게 나았다.

사도무영 역시 그게 편했다.

조화설과 수라곡 사람들이 있으면 말하기가 껄끄러울지 몰랐다. 그들도 어떤 이야기가 오갈 거라는 걸 알고 있겠지만.

망혼진인이야 귀찮은 일에 끼어들기 싫다며 먼저 내뺐고.

그건 다행이었다. 어떤 말을 할지 불안했는데.

그리고 장막심과 양류한은 상황을 제대로 모르니 있어 봐야 별반 도움이 되지 않았다. 어쩌면 모르는 게 나을 수도 있고. 비밀이란 많이 알수록 위험만 커지는 법이니까.

제갈신운은 전각 안으로 들어서는 사도무영을 보며 자리에서 일어났다.

"어서 오게."

"그간 잘 지내셨습니까?"

"사부님은 구했나?"

"운이 좋았죠."

사도무영은 그 말만 하고 자세한 이야기는 하지 않았다.

제갈신운은 사도무영을 빤히 바라보았다. 묻고 싶은 게 한 다발은 되었다.

그는 일단 최근의 일부터 꺼냈다.

"자네가 들어갔다는 그곳에서 얼마 전에 벌어진 일을 모르진 않을 거라 생각하네만."

"물론 잘 알죠. 그곳에서 십여 일을 지냈으니까요."

십여 일? 그럼 남은 십 일 정도는 다른 곳에서 지냈다는 말.

제갈신운은 그에 대한 것도 궁금했지만 일단은 첫 번째 의문부터 풀어나갔다.

"어떻게 된 건가?"

"어떤 놈들이 그곳을 공격해서 수백 명을 죽였는데, 아주 지독한 놈들인 것 같습니다. 부상당한 사람은 물론이고, 여자나 어린아이까지 죽였지요."

"사건이 벌어진 당시에 그곳에 없었나?"

사도무영은 의미심장한 미소를 지으며 대답했다.

"다른 곳에 있었죠."

다른 곳! 혹시?

제갈신운은 입이 바짝 말랐다. 속에서 살짝 열이 났다.

속 시원히 털어놓으면 얼마나 좋아. 감질나게 대답해서 뭘 얻자는 거지?

문득 한 가지 생각이 떠올랐다.

대가를 원하는 건가?

정말 대가를 원하는 거라면, 결코 단순한 것이 아닐 터. 그에 대한 질문은 뒤로 미루었다.

"그곳이 구천신교의 일부인 건 분명한가?"

"그렇습니다. 그곳은 구천신교의 아홉 종파 중 하나인 수라종파의 본거지였죠."

"자넨 그곳을 공격한 자들이 싫은가 보군."

"정상적인 싸움이었다면 싫을 것도 없습니다. 그런데 그것이 아닌 것 같아서 문제죠."

"무슨 뜻인가?"

"왠지 구린 냄새가 진동하거든요."

"구린 냄새?"

"음모의 냄새 말입니다."

사도무영은 그 말을 하고 제갈신운의 눈을 직시했다. 수상한 기미가 보이기라도 하면 당장 눈을 터트려버릴 것처럼.

"설마, 우리가 공격했을 거라 생각하는 건 아니겠지?"

"차라리 그랬으면 간단한데……, 그러지 않은 것 같아서 더 문젭니다."

"무슨 말인가?"

사도무영은 바로 말하지 않고 딴청을 피웠다.

"흠, 이거 받은 것도 없이 너무 많은 것을 주는 것 같은데……."

아쉬운 사람은 제갈신운이었다.

"그만한 대가는 지불할 거네. 내 이름을 걸고 약속하지."

"좋습니다. 제갈 대협께서 설마 허언할 리는 없을 테니 믿고 말씀드리죠. 그 일에……, 용검회가 개입되어 있거든요."

제갈신운은 눈을 크게 떴다.

"그들이 수라곡인가 하는 곳을 쳤단 말인가?"

"정말 모르고 있었습니까?"

"알면 왜 묻겠나?"

"의외군요. 구천신교가 옆 동네 중소문파도 아니고, 그들과 싸우려 작정했다면 적어도 정천맹과 상의 정도는 하는 게 정상 아닙니까?"

"자신들만으로 충분하다 생각했을 수도 있는 일 아닌가?"

"그런데 왜 다른 곳과는 손을 잡았을까요?"

"용검회가 다른 자들과 손을 잡았다고?"

"아직 상대가 정확치 않아서 당분간 비밀로 하려고 했는데, 제갈 대협께만 말씀드리겠습니다. 대신 당분간 혼자만 알고 계셔야 합니다."

"알겠네. 그렇게 하지."

사도무영은 먼저 벽검산장에 대한 이야기를 꺼냈다.

제갈신운의 눈이 튀어나올 것처럼 커졌다.

"벽검산장이 용검회의 지류라고? 그럼 혹시 얼마 전에 벽검산장에서 소란이 일어났던 게……?"

"제가 그곳에 간 것이 알려졌나 보군요."

"자세히는 아니고, 누가 침입해서 큰 소란이 일어났다고만 하더군. 한데 정말 그곳에 용검회 사람들이 있었단 말인가?"

"용검회 사람들이 있었던 게 아니라, 그들 자체가 용검회인 걸로 보였습니다."

제갈신운의 이마에 골이 파였다.

"총단은 장안에 있는 걸로 알려졌으니, 그럼 그곳이 지부라는 말인데……. 미처 몰랐군."

"단순한 지부는 아닌 것 같더군요. 제가 잘못 판단한 게 아니라면, 아마 용검회의 세력 중 상당부분을 차지할 정도는 될 겁니다. 좌우간 그 후에 흑사방에 가서 확인해 봤는데……."

사도무영의 이야기가 진행되는 동안 제갈신운의 표정이 딱딱하게 굳어졌다.

지략에 관한한 천하에서 손꼽는 가문이 제갈세가다. 그러한 곳에서 수백 년 만에 나온 기재가 제갈신운이고. 비록 무재(武才)이긴 하지만.

그는 상황이 간단치 않음을 곧바로 느끼고 침음을 흘렸다.

사도무영의 말대로라면 용검회가 정체불명의 무리와 손을 잡은 것이 확실했다.

"으음, 그들이 누군지, 의심 가는 곳이라도 있나?"

"저도 그것 때문에 머리를 굴려봤습니다만, 쉽게 결론이 나지 않더군요. 오죽했으면 정천맹을 의심했겠습니까?"

제갈신운이 움찔했다.

설마 정천맹을 의심하고 있었을 줄이야.

"다시 말하지만, 우리는 그 일과 아무런 연관이 없네."

"그러시겠죠. 벽검산장의 정체도 모르고 있었는데."

꼭 비꼬는 것처럼 들렸다. 아니 분명 비꼬는 것 같았다.

그러나 사실이니 반박할 수도 없었다.

"구천신교의 총단 위치를 아는 것 같던데, 말해줬으면 싶네만."

"공짜로요?"

"대가를 지불한다고 하지 않았는가?"

"그것도 나름이죠. 제가 죽을 고생하며 알아낸 것인데, 돈 몇 푼 쥐어주고 나 몰라라 하면 어떡합니까?"

"자넨 정천맹을 구두쇠들만 사는 곳으로 아나 보군."

당연히 그렇게 생각했다. 어머니가 항상 그랬으니까. 정천맹은 너무 짜서 납품해 봐야 남는 것도 없다고.

"자신 있으시면 구체적으로 한 번 말씀해 보시죠."

"지금 말인가?"

움찔하는 것이 별 볼일 없어 보인다. 하긴 상당한 대가를 내놓아야 할 텐데, 결정하기가 쉽지 않을 것이었다.

"제가 말씀드려 볼까요?"

제갈신운에겐 차라리 그게 편했다.

"어디 말해보게. 뭘 원하는가?"

"첫째, 정천맹의 정보망을 제가 원할 때 쓸 수 있게 해주시죠. 괜찮으시다면 개방의 만소개를 저희에게 붙여주시고요."

어려운 일은 아니었다. 반면 쉬운 일도 아니었다.

제갈신운은 재빨리 머리를 굴려 손익계산을 해보았다.

손해는 아닐 것 같았다. 사도무영이 알아낸 정보를 결국 자신들도 알게 될 것이 아닌가. 정천맹의 적도 아니고.

"내 권한 내에서 허락하도록 하겠네. 또 있나?"

"그리고 두 번째는……, 나중에 제 부탁을 하나 들어주십시오."
 그것은 첫 번째 요구보다 더 쉽고도 어려운 문제였다.
 제갈신운의 표정이 몇 번이나 변했다. 하지만 그는 다른 선택을 할 수가 없었다.
 구천신교 총단의 위치를 비롯해서, 사도무영이 가지고 있는 정보는 천만금의 가치가 있었다.
 "좋네. 그렇게 하지. 단, 나 제갈신운이 개인적으로 약속하는 것임을 알아야 할 것이네."
 "그 정도면 됩니다."
 사도무영이 대답하며 씩 웃었다.
 제갈신운이 누군가? 차대 맹주로 유력한 사람이 아닌가?
 '개인적인 약속도 사람 나름이지.'
 제갈신운은 왠지 모르게 불안했지만, 쏟아진 물을 주어 담기에는 이미 늦은 상황이었다.
 "어디 이제 자네가 알고 있는 것을 말해보게."

 사도무영과 제갈신운이 이야기를 나누는 동안, 나머지 일행은 느긋이 차를 마시며 사도무영이 오기만 기다렸다.
 제갈유가 그들을 본 것은 우연이었다.
 그는 머리를 식힐 겸 융중산에 올라갔다 내려오는 길에 마차가 한 대 서 있는 걸 보고 객당을 슬쩍 바라보았다.
 서편으로 넘어가는 햇살 아래 몇 사람이 앉아 있었다. 한눈에 봐도 제법 강하게 보이는 자들이었다.
 '누구지?'
 한데 그때 방에서 노인과 두 여인이 나오는 게 보였다.
 순간 그의 눈이 한껏 커지고 입이 반쯤 벌어졌다.
 가슴이 떨렸다.
 제갈유는 제갈세가의 가주인 제갈영운의 둘째 아들로 나이가 스물셋이었다. 하지만 그는 스물셋이 되도록 여인과 제대로 사귀어본 적이 없었다.
 그가 못나서가 아니었다. 어쩌면 너무 잘나서 그런 것일지도 몰랐다.
 집안에서 그의 혼인상대로 내보인 여인만 해도 족히 열 명은 되었다. 그러나 그는 그 여인들이 모두 마음에 들지 않았다.
 세상에 이토록 마음에 드는 여인이 없단 말인가?
 언젠가는 천생연분의 여인이 나타나겠지.
 그는 그렇게 생각하며 조금도 조급하게 생각지 않았다.
 한데 그런 그에게 오늘은 충격적인 날이었다.
 저 앞에 있는 여인. 너무나 아름다웠다. 단순하게 얼굴만 아름다운 게 아니었다. 여인의 동작 하나하나에서 순수한 아름다움이 풍겨 나왔다.
 온갖 단장으로 화려함만 뽐내는 여느 여인과는 차원이 달랐다.
 저 여자다!
 그는 터질 것처럼 뛰는 심장을 도저히 진정시킬 수가 없었다.

달려가서 '내 여자가 되어주시오!' 그렇게 외치고 싶었다.
 하지만 그는 뼛속까지 품위를 지켜야 하는 대 제갈세가 가주의 아들이었다.
 '일단 어떤 여인인지, 그것부터 알아봐야겠어!'
 속속들이. 머리카락의 개수가 몇 개인지, 그것까지!
 나이가 조금 어려 보이지만, 그것은 아무래도 상관없었다.

 "호호호호, 어때요, 언니. 저도 이렇게 입으니까 좀 나아 보여요?"
 적소연이 입을 가리며 수줍게 웃었다. 평소 하지 않던 그녀의 행동에 적도광마저 고개를 저었다.
 령주께 예쁘게 보이고 싶은가 보군. 그렇게 생각하면서.
 "소연이가 그 옷 입으니까 정말 예쁘다."
 조화설이 정말 감탄했다는 표정을 지으며 말했다.
 적소연이 입은 것은 조화설이 예비용으로 가져온 옷 중 하나였다. 머리도 조화설이 옷에 맞게 새로 묶어줬고.
 무복을 입고 머리를 대충 묶었을 때와, 지금의 모습은 까마귀가 학이 된 것만큼 차이가 났다.
 "그런데 조금 불편해요."
 그거야 당연했다. 편하게 입는 무복과 여인의 치렁치렁한 옷이 어찌 같을까.
 "소연이는 오랫동안 편한 옷만 입어서 그래."

"에이, 저는 역시 편한 게 좋아요. 나중에 령주님이 입으라고 하면 몰라도."

적소연은 배시시 웃으며 옷을 벗었다.

장막심이 깜짝 놀라서 소리쳤다.

"안에 들어가서 벗어!"

제갈신운과 이야기를 마친 사도무영은 곧장 제갈세가를 나왔다.

석양이 점점 붉은 빛을 띠어가는 시각. 하루 자고 가도 되었지만 잠자리가 불편할 것 같았다. 차라리 양번으로 나가 객잔에서 자는 게 낫지.

한데 양번으로 가는 길에 장막심이 말했다.

"아까 제갈세가에서 들었는데 말이야. 귀마궁이 정체불명의 고수에게 당해서 큰 피해를 입었다고 하더군."

"귀마궁이요? 그들을 친 자들이 누구라는 건 밝혀지지 않았다고 합니까?"

"아무도 모른다더군. 복면을 하고 갑자기 쳐들어와서 다짜고짜 귀마궁의 무사들을 때려눕혔다고 하네. 그 바람에 이백 수십 명이 큰 부상을 입고, 죽은 자만도 백 명이 넘는다더군."

그 정도면 귀마궁의 힘이 반으로 줄어들었을 터. 가뭄에 단비처럼 반가운 소식이었다. 당분간 천보장에 대해선 걱정하지 않아도 될 테니까.

"어떤 사람들인지 정말 좋은 일을 했군요."

사도무영은 꿈에도 몰랐다.

그 네 사람 중에 한 사람이 아버지인 사도관이라는 걸.

정체가 드러나면 이영영에게 알려질까 봐 복면을 했다는 걸.

'나중에 만나면 멋지게 한 턱 내야겠어.'

제7장
무서운 아우

1.

마차가 객잔 앞에 멈추자 점소이가 뛰어나왔다.
"마차는 이리 주십쇼. 소인이 뒷마당에 매어놓겠습니다."
장막심은 두말없이 고삐를 점소이에게 넘겼다.
"말이 멍청하니 잘 다루어야 할 거네."
"헤헤, 걱정 마십시오. 소인이 말 다루는 것은 전문입죠. 그런데…… 뭐 먹이라도 줘야 할 것 같은데요?"
"먹이? 자네가 알아서 주게."
"잘 말린 건초와 콩을 좀 섞어서 주겠습니다요."
"그러든가."
"한 마리 당 동전 열 푼입니다요."

결국 점소이의 목적은 그것이었다.
사도무영이 피식 웃으며 동전 삼십 푼 가치의 작은 은두 하나를 꺼내주었다.
"충분하게 주시오."

제갈유는 불이 환하게 밝혀진 객잔을 바라보았다.
마차 일행이 제갈세가를 떠났다는 걸 뒤늦게 알고 정신없이 쫓아왔다. 양번은 제갈세가가 제왕처럼 군림하는 곳. 마차의 행방을 아는 것은 어렵지 않았다.
잠을 잘 것이면 제갈세가에서 잘 것이지 왜 객잔에서 자는 걸까?
이유가 궁금했지만, 그럴 만한 사정이 있을 것이었다. 양번을 바로 떠나지 않고 객잔에 들어간 것만도 그에게는 다행이었다.
그는 옷차림을 대충 점검해 보고 객잔으로 향했다.
'사영이라 했지? 둘째 숙부님과 직접 독대할 정도면 아주 뛰어난 자라는 소린데······.'
호승심이 고개를 들었다.
세상에 나가 보지는 않았지만, 그의 자질에 대해선 제갈세가의 사람들 모두가 엄지를 치켜드는 터였다. 얼마나 뛰어난 자이기에 천하의 천유검이 인정했는지 궁금했다.

사도무영 일행은 이층의 구석진 자리를 차지한 채 느긋이 식사를 끝내고 술을 마셨다. 방을 미리 잡아놓은 상황. 급할 것이 없었다.

　한데 사도무영 일행의 술자리가 거의 끝나갈 무렵이었다. 서른 가량의 장한 두 사람이 이층으로 올라오더니 사도무영 일행의 옆자리에 앉았다.

　그들은 점소이에게 술과 안주를 간단하게 시키고는, 고개를 돌려 사도무영 일행을 둘러보았다.

　"보아하니 이곳 분들이 아닌 것 같은데, 어디에서 오신 분들이오?"

　두 사람 중 수염이 텁수룩한 자가 물었다.

　그자와 모습이 비슷한 장막심이 대답했다.

　"나는 저 대파산에서 왔소."

　가장 가까이 있던 양류한은 고개도 돌리지 않았다. 수라곡 사람들도 별반 신경 쓰지 않았고, 망혼진인은 어디서 개가 짖나 하는 표정이었고, 사도무영은 장막심을 바라보았다.

　조화설이나 적소연이야 말할 것도 없었고.

　텁석부리 장한은 그게 불만인 듯 굵은 눈썹을 치켜 올렸다.

　"거, 다른 분들은 모두 벙어리라도 되는 모양이구려."

　"어디에 사는지 그게 뭐 중요하겠소. 지금 여기에 있다는 게 중요하지."

　텁석부리 장한 옆에 있던 자가 세모꼴 눈을 치켜떴다.

"그래도 사람이 말하면 반응을 보여야지 말이야. 뭐 대단한 사람이라고 무게를 잡고 있는 거야?"

'그야 당신보다는 훨씬 대단한 사람들이지.'

장막심의 입가에 웃음이 걸렸다. 그는 이런 상황이 좋았다. 잘하면 짜증을 풀 수 있는 기회를 주니까.

"이 사람들은 모르는 사람과 이야기하는 걸 별로 좋아하지 않소."

"홋, 꼴에 무게는……. 딱 보니 촌놈들 같은데, 저렇게 엄청난 미인을 대동하고 다니려면 목숨이 여벌로 있어야겠는 걸?"

"걱정 마시오. 당신이 걱정하지 않아도 될 정도의 실력은 되니까?"

"그래? 어디 실력 좀 볼까?"

장막심은 박수라도 치고 싶었다.

어서 일어나서 검을 뽑아. 그리고 한 대 얻어맞고 바닥을 기어서 나를 좀 재미있게 해줘.

세모꼴 눈의 장한은 장막심의 바람대로 자리에서 일어났다. 그리고 검을 뽑아들고는, 건들거리며 사도무영 일행이 있는 곳으로 다가갔다.

그때였다. 이층으로 올라오는 계단에서 고함이 터져 나왔다.

"무슨 짓이오!"

세모꼴 눈 장한은 고함이 들리는 곳으로 고개를 돌렸다.

은은한 하늘색 비단장삼을 입은 청년이 눈에 힘을 주고 쳐다보고 있었다. 제갈유였다.

"당신은 또 뭐야?"

"내가 누구냐고? 나는 제갈유라고 하오!"

순간 세모꼴 눈의 장한은 물론이고 텁석부리 장한마저 대경해서 벌떡 일어났다.

두 사람은 호랑이 앞에 선 늑대새끼처럼 부들부들 떨며 허리를 숙였다.

"소인들이 미처 몰라 뵈었습니다, 제갈 공자!"

"감히 본가가 있는 이곳에서 함부로 검을 뽑다니! 정녕 죽고 싶은 거요!"

"그만 소인들이 실수를 저질렀습니다. 용서해주십시오!"

"별다른 일이 벌어지지 않았으니 망정이지, 만일 조금만 더 무례를 범했다면 내 용서치 않았을 거요! 어서 썩 사라지시오!"

"예, 공자!"

"용서해주셔서 감사합니다, 공자!"

두 사람은 감지덕지한 표정으로 몸을 돌렸다. 하지만 아직 끝난 것이 아니었다.

"어? 이봐, 누가 가라고 했어. 잠깐 거기 서 봐!"

장막심이 두 사람을 붙잡았다.

막 걸음을 옮기려던 두 사람이 멈칫했다.

장막심이 커다란 검으로 바닥을 쿵, 내리찍고 자리에서 일어났다.

"아직 우리 대화가 안 끝난 것 같은데. 좀 더 이야기를 나누어 보자고."

"우, 우리는 그만 가 보겠소."

"누구 맘대로? 검을 뽑았으면 무라도 잘라 봐야지. 안 그래?"

세모꼴 눈의 장한은 그제야 손에 들린 검을 검집에 집어넣고 사정하듯이 말했다.

"우리는 제갈 공자 앞에서 검을 휘두를 수 없소. 그러니 그만 보내주시오."

제갈유도 더 이상 소란 피우는 걸 원치 않는 듯 포권을 취하며 말했다.

"그만 보내주시지요. 저들의 무례는 제가 대신 사과하겠습니다."

누가 봐도 감탄할 만한 명문대파의 공자다운 태도. 아마 열이면 열 그의 말에 고개를 끄덕였을 것이 분명했다. 문제는 상대가 장막심이라는 것이었다.

장막심은 이제 막 재미있으려는 찰나에 훼방을 놓은 제갈유가 괘씸했다.

"당신은 당신이고, 저들은 저들이지. 저자들이 우리에게 함부로 말했는데 당신이 굳이 사과할 필요는 없어."

"이보시오. 그럼 잘못을 알고 사과하는데 벌이라도 내리겠다는 거요?"

"저런 놈은 팔다리 하나 부러져 봐야 정신을 차린다니까."

두 장한이 당황한 얼굴로 제갈유와 장막심을 번갈아 보았다.

제갈유도 상황이 이상하게 흐르자 당황해서 얼굴이 붉어졌다. 하지만 곧 침착함을 되찾고 장막심에게 말했다.

"나는 제갈세가의 제갈유라 하오."

"조금 전에 말했잖아. 한 번만 말해도 이름 정도는 외울 수 있어."

"제갈 성에 영자, 운자 쓰시는 분이 본인의 아버님이시오."

"그거야 알 바 없……. 어? 그럼 자네 아버님이 제갈세가의 가주님이시란 말인가?"

"그렇소. 내가 그분의 부끄러운 둘째 아들이오."

'제길, 그럼 계속 다투기도 어정쩡하잖아?'

장막심은 개똥 밟은 표정을 지으며 사도무영 쪽을 힐끔 쳐다보았다.

사도무영이 빙그레 웃으며 말했다.

"형님, 그만 하시고 앉으세요."

장막심은 어정쩡하니 서 있는 두 장한을 쓱 흘겨보았다.

"오늘 운 좋은 줄 알고, 그만 꺼지쇼."

두 장한은 장막심과 제갈유를 향해 고개를 숙여 보이고 꽁지가 빠져라 이층에서 내려갔다.

'후우, 다행이군. 하마터면 일이 이상하게 흐를 뻔했어.'

제갈유는 내심 안도하며 사도무영 일행에게 다가갔다.

그는 정중히 포권을 취하며 듣기 좋은 저음으로 말했다.

"본가의 앞마당에서 이런 일이 벌어지다니, 죄송하게 되었습니다."

"캬, 역시 명문정파의 아들은 뭐가 달라도 다르구나."

망혼진인이 감탄하며 말했다. 제갈유는 담담히 웃으며 고개를 숙였다.

"별말씀을……."

"근데 아까 그놈들, 혹시 네가 아는 놈들 아니냐?"

"예? 그, 그럴 리가요."

"아니면 말지, 왜 그렇게 놀라? 저런, 얼굴도 빨개졌는데?"

사람들이 모두 제갈유를 쳐다보았다. 조화설과 적소연까지.

제갈유는 최대한 정심을 찾으려 했지만, 쉽지가 않았다.

이층 바닥이 푹 꺼졌으면!

그때 사도무영이 입을 열어서 그를 구해주었다.

"다른 사람을 만나러 온 게 아니라면 거기 앉으시오."

눈물이 나도록 고마웠다. 그 바람에 결정적인 실수를 했다.

"예, 사 형."

제갈유는 무심결에 말하고는 입을 꾹 다물었다.

'이, 이런!'

다행히 사람들은 그의 실수에 대해 별 신경을 쓰지 않았다.

"밤이 되었는데, 이곳은 무슨 일로 오신 거요?"

"하하, 가끔 술 한 잔 생각나면 나옵니다."

솔직히 처음이었다.

제갈유는 자신이 거짓말을 아주 잘한다는 사실을 오늘에서야 깨달았다.

한데 그때, 장막심이 그 말을 듣더니 술잔을 들며 중얼거렸다.

"술이 아니라, 여자가 생각나면 나오는 거 아냐?"

제갈유는 장막심을 쏘아보았다.

사람들 앞에서 자신을 모욕하다니. 그것도 여자들 앞에서!

"말을 너무 무례하게 한다고 생각지 않소?"

"신경 쓰지 말게. 그냥 혼자 해본 말이니까. 남자가 그럴 수도 있지 뭐."

"나는 여태껏 여인을 끼고 술을 마신 적이 없소."

"저런, 그 재미있는 것을 한 번도 안 해봤다니. 그럼 홍루도 못 가봤겠는데? 이거 양 아우와 비슷한 사람이 또 있을 줄이야……"

"형님! 왜 저를 끌어들입니까?"

양류한이 나직이, 강한 어조로 항의하며 장막심을 노려보았다.

장막심은 아무 말도 하지 않은 사람처럼 모른 척, 앞에 있는 술잔을 홀짝였다.

제갈유는 슬쩍 고개를 돌려 양류한을 쳐다보았다.

'여자가 아니었군.'

목소리를 먼저 들은 것이 그에게는 다행이었다. 안 그랬으면 또 한 번 큰 실수를 할 뻔했거늘.

어쨌든 제갈유는 그 잠깐 사이 마음을 진정시켰다. 그리고 마침내 자신이 원하던 것을 물어보았다.

"저 두 분 낭자는 뉘십니까?"

질문을 던진 그의 눈빛이 불빛을 받아 반짝반짝 빛났다.

사도무영은 어정쩡하게 두 여인을 소개했다.

"이쪽은 제 누이고, 저쪽은 여기 적 형의 동생이오."

그때 적소연이 불쑥 나서서 말했다.

"제 이름은 소연이에요. 그런데 공자께선 정말로 여자를 싫어하세요?"

그녀의 눈빛은 제갈유와 다른 의미로 반짝였다.

명문정파의 잘생긴 청년이 여자를 싫어하다니. 신기했다.

"그, 그게……, 꼭 싫어서가 아니라……."

"그럼 지금까지 한 번도 여자를 사귀어 보지 못했겠네요?"

"그건 그런데……."

"호호호, 우리 령주님도 처음에는 영락없이 공자님 같았어요. 저랑 광마각 지하에 내려가기 전만 해도……."

사도무영이 급히 불렀다. 놔두면 무슨 말이 나올지 몰랐다.

"소연아, 그 이야기는 그만해라. 제갈 형이 무안해하잖아."

"하긴……."

적소연이 제갈유를 보며 배시시 웃었다.

깊게 파인 보조개. 복사꽃처럼 발그레하니 달아오른 두 뺨.

제갈유는 그 모습을 보고 아무런 생각도 나지 않았다.

그날 밤.
제갈유는 머리를 쥐어 싸고 고민했다.
낮에 봤을 때와 많이 달랐다.
그때 봤던 그 모습은 어디로 갔단 말인가?
실망을 해야 당연했다. 그것도 많이!
그런데 이상했다. 자꾸만 얼굴이 떠올라서 발길을 돌릴 수가 없었다.
낮에 봤던 단정한 그 모습, 그 얼굴이 아니었다. 장난꾸러기 같던 해맑은 모습. 순수함이 그대로 묻어 있는 그 얼굴이 떠오르는 것이다.
자신이 어떻게 된 것이 아닐까? 오죽하면 그런 생각이 들 정도였다.
그는 축시가 넘어서야 쥐어 싼 머리를 놓고 고개를 들었다.
'좋아! 내가 무엇을 원하는지, 직접 확인해 보겠어!'

다음날 아침.
사도무영은 제갈유가 자신들을 따라가겠다고 하자 의아한 표정을 지었다.
"왜 우리를 따라가려는 거요?"
"어차피 나이도 찼고, 강호에 대한 경험을 쌓아야 할 때가 되었는데, 사 형 일행과 함께 다니다 보면 배울 것이 많을 것 같아 같이 가려는 거요."

"세가에서 찾을 텐데요?"

"아침 일찍 서신을 써서 보냈소."

"정말 괜찮겠소?"

"걱정 마시오. 내 나이 스물 셋, 인생을 스스로 결정할 충분한 나이오. 아마 아버님도 서신을 보시면 기뻐하실 거요. 벌써 아들이 이렇게 컸구나 하면서 말이오."

"뭐 정 그리하시겠다면 말리지는 않겠소만, 대신 한 가지, 알아두어야 할 것이 있소."

"말씀해 보시오."

"무조건 내 말을 따라야 하오. 자존심이 상해서 그럴 수 없다면 지금이라도 포기하시오."

당연히 자존심 상하는 일이었다. 호승심을 느낀 상대의 말에 무조건 따라야 하다니.

하지만 자신이 좋아하는 여인과 함께하는 여행이라면 참지 못할 것도 없었다. 그리 오래 걸리지는 않을 테니까.

"좋소. 사 형의 말에 따르겠소."

사도무영은 제갈유를 빤히 바라보고 조건을 하나 더 달았다.

"내 정식 이름은 사도무영이오. 그것 역시 내가 허락하기 전까지는 제갈세가나 정천맹에 알려서는 안 되오."

그거야 아무런 문제도 되지 않았다.

"알겠소."

제갈유는 미처 몰랐다. 자신이 혼돈의 진흙탕 속으로 빠져들고 있다는 걸.

2.

양번을 떠난 마차는 남쪽으로 내려갔다. 보통 때는 평소 걷는 속도의 두 배쯤 되었고, 길이 좋으면 조금 더 빨리 가기도 했다.

이틀 후, 형문에 도착한 그들은 하루를 그곳에서 보내고 이른 아침에 다시 형문을 나섰다.

형문에서 형주까지는 이백오십 리. 밤이 되기 전에 충분히 도착할 수 있을 것이었다.

그 즈음에는 장막심의 마차 모는 솜씨도 많이 나아진 상태였다. 이제는 말과 신경전을 벌이지 않아도 고삐를 쥔 손가락만 까딱하면 그가 원하는 방향으로 말들이 움직이는 것이다.

'멍청한 말도 며칠 굴리니까 나아지는군.'

그는 절대, 자신의 마차 모는 솜씨가 형편없었다는 걸 인정하지 않았다. 모든 것은 말이 멍청한 것일 뿐.

어쨌든 그러다 보니 말에 대한 미움도 조금 풀어졌다. 때론 말도 못하고 마차만 끄는 말들이 조금은 불쌍하다는 생각도 들었다.

혹시 배는 고프지 않을까?

형문을 출발한 지 두어 시진이 지나자 그런 생각이 들었다.

말의 입에서 거품이 나오기 시작했다. 지쳐간다는 말이었다.

조금 쉬었다 가자고 할까?

아마 그들이 나타나지만 않았어도 그는 마차를 세우고 말들이 풀을 뜯게 했을 것이었다.

그런데 그들이 나타나는 바람에 말에게 먹이를 먹일 수가 없었다.

은근히 화가 났다. 당장 입에서 욕이 튀어나왔다.

"저 새끼들은 뭐지?"

갈의를 입은 무사 사오십 명이 백여 장 앞을 지나가고 있었다. 한데 그들도 사도무영 일행을 봤는지, 지나가다 말고 멈춰서서 마차 쪽을 쳐다보는 것이 아닌가.

사도무영이 무사들의 복장을 보고 눈살을 찌푸렸다. 표행을 할 때 본 적이 있는 자들과 복장이 같았다.

"마령곡 사람들이군요."

"마령곡? 마령곡 놈들이 왜 여기에 있지?"

"뭔가 꿍꿍이가 있으니까 대홍산에서 여기까지 왔겠죠."

장막심의 눈이 가늘어졌다.

무서울 것은 없었다. 절대고수인 아우가 있잖은가.

문제는 무조건 때려눕힐 수 없다는 것이었다. 일이 커지는 걸 잘난 아우가 원치 않으니까.

"저 자식들, 가려면 빨리 가지, 왜 저기서 어기적거리는 거야?"

"아무래도 우리에게 볼일이 있는 것 같은데요."

"큭, 설마 우리를 털기 위해 기다리는 건 아니겠지?"

장막심이 설마하며 말한 순간, 마령곡의 무사들이 빠르게 다가왔다.

사도무영은 그 모습을 보며 입맛을 다셨다.

'쩝, 용검회의 눈을 피하려고 일부러 이쪽 길로 왔더니 엉뚱한 자들을 만나는군.'

마령곡의 무사들은 대충 봐도 오십 명 정도 되었다. 그 중에 고수라 할 수 있는 자는 대여섯 명. 자신이 끼어들 것도 없었다.

하지만 귀찮은 일인 것만큼은 분명했다.

저들이 박살나면 대홍산에서 수백 명이 쏟아져 나올 것이고, 자신들에 대한 소문이라도 나면, 벽검산장과 구천신교가 움직일 게 분명했다.

그럼 조화설을 몰래 삼령도에 데려다 놓으려는 일이 틀어질지 몰랐다.

"너희들은 누구냐?"

사십 대 초반으로 보이는 중년무사가 다가오더니 거만한 태도로 물었다.

"나는 장막심이라 하오. 좀 비켜주쇼. 갈 길이 급하니까."

장막심이 조금도 급하지 않은 표정으로 대답했다.

중년무사는 마차 주위에 서 있는 사람들을 쓱 둘러보더니 차갑게 코웃음 쳤다.

"흥! 더는 못 간다. 살고 싶으면 되돌아가라."

"급하다고 했잖소?"

"그래도 오늘은 안 돼!"

"그래도 가야겠다면?"

"죽고 싶냐?"

"내가 하고 싶은 말이오. 비키지 않으면 당신들 오늘 큰일 날걸?"

"큰일? 푸하하, 곰 같은 놈이 장난감 같은 검만 믿고 까부는구나! 네놈은 내가 누군지 아느냐? 내가 바로 대홍산에서 사신(死神)으로 불리는 오공척이니라!"

그는 장막심의 커다란 검이 장난감으로 보인 듯했다.

장막심은 상대가 오공척이든, 오척공이든 하등 신경 쓰지 않았다.

"아, 정말! 성질 좀 죽이고 살려고 했더니 더럽게 말귀를 못 알아듣네. 몇 대 맞고 후회하지 말고 좀 비켜줘!"

"이 건방진 놈이! 얘들아! 저놈을 끌어내려라!"

눈을 부릅뜬 중년무사가 명을 내리자, 기다렸다는 듯 십여 명의 무사들이 우르르 마차를 향해 달려들었다.

도담과 적도광과 양류한이 그들의 앞을 막았다.

마령곡의 무사들은 무기를 빼들고는, 세 사람을 당장 죽일 것처럼 달려들었다.

"죽고 싶다면 죽여주마!"

"크크크, 정말 겁 없는 놈들이군!"

도담은 피식 허무한 웃음을 짓고, 적도광과 양류한은 조금도 달라지지 않은 무표정한 얼굴로 검을 뽑아들었다.

"거기 몇 놈은 나에게 맡겨!"

장막심이 커다란 검을 움켜쥐고 훌쩍, 마부석에서 신형을 날렸다. 그러잖아도 기분이 꿀꿀한데 잘 됐다는 심정이었다.

쩌정! 퍼벅!

장막심이 땅에 내려서기도 전에 서너 명이 멧돼지 죽어가는 소리를 내며 쓰러졌다.

"끄억!"

"크엑!"

"몇 놈 남겨두라니까!"

장막심이 뒤질세라 검을 검집째 휘둘렀다.

퍼버벅!

마령곡의 무사 둘이 검집에 얻어맞고 술 취한 사람처럼 비틀거렸다. 눈이 풀린 걸 보니 한동안 정신을 차리지 못할 것 같았다.

그래도 장막심에게 걸린 것은 그들에게 행운이었다. 죽지는 않을 테니까. 병신은 될지 몰라도.

그야말로 눈 깜짝할 사이에 예닐곱 명이 쓰러지자, 자칭 대홍산의 사신 오공척이 고함을 질렀다.

"보통 놈들이 아니다! 모두 덤벼!"

그때 사도무영이 중년무사에게 물었다.

"공 장로는 잘 있소?"

그리 큰 목소리는 아니었다. 하지만 음파가 집중되어 오공척의 고막을 뒤흔들었다.

오공척은 골이 흔들리는 충격에 사도무영의 말을 제대로 듣지 못했다.

"누, 누구?"

"혈적도 공사도 장로 말이오."

오공척은 겨우 정신을 차리고 사도무영을 바라보았다. 동료를 돕기 위해 달려들려던 자들도 황급히 걸음을 멈추고 눈치만 살폈다.

그 사이 마령곡의 무사 다섯이 더 쓰러지고, 장막심 등은 먹이를 노리는 매처럼 마령곡의 무사들을 노려보았다. 오랜만에 손맛을 보니 지루함이 좀 가신 표정들이었다.

오공척은 당황한 표정으로 일단 수하들을 뒤로 물렸다.

"잠깐 멈춰라! 모두 뒤로 물러서!"

그러고는 조심스럽게 물었다.

"네가 어떻게 공 장로님을 아는 거냐?"

"전에 한 번 만난 적이 있소. 그때 제대로 인사도 못하고 헤어졌는데, 잘 계신지 모르겠군요."

누가 봐도 잘 아는 사이처럼 느껴지는 말투였다. 더구나 은은히 흘러나오는 기운이 범상치가 않았다. 하긴 열한 명의 수하를 숨 몇 번 쉬는 사이에 모두 쓰러뜨린 자들과 일행이 아닌가.

정말 공사도와 잘 아는 사이라면 큰일이었다.

'차라리 잘 되었는지도 모르지. 이 자식들 막으려다가는 우리가 다 죽게 생겼는데……'

내심 머리를 굴린 그는 사도무영을 대하는 말투마저 바꿨다.

"그분은 지금 모종의 일을 처리하기 위해서 형주에 가셨소."

"그래요? 잘 됐군요. 그럼 형주에 가서 만나면 되겠군요."

"바빠서 만나주실지 모르겠소."

"아마 만나주실 거요. 그분도 저를 만나고 싶어 할 테니까."

"그렇다면야……."

오공척은 머뭇거리며 뒤로 물러났다.

"길을 터드려라. 장로님과 친분이 있으신 분들이시다."

사도무영은 빙그레 웃으며 포권을 취했다.

"이해해 주셔서 고맙소."

그리고 막 오공척을 지나기 전에 물어보았다.

"그런데 형주에는 무슨 일로 가셨소? 내가 도움이 될 수도 있을 거 같은데."
"진평장을 치러 갔소이다."

사도무영 일행은 마차를 빠르게 몰아 곧장 형주로 향했다.
마령곡 무사들이 보이지 않을 즈음 장막심이 고개를 갸웃거리며 물었다.
"혈적도 공사도면 악독한 살인귀인데, 아우와 무슨 관계인가?"
"제가 청운표국의 임시표사로 표행을 할 때, 저희 일행을 털려고 나타났지요. 해서 혼쭐을 내주고 싶었는데 용검회와 싸우는 동안 도망갔더군요."
"그럼 잘 안다는 게……?"
"이번에 만나면, 다시는 칼을 못 쥐게 만들어야겠습니다."
장막심과 제갈유는 멍하니 사도무영을 바라보았다. 옆에서 걸어가던 양류한과 도담, 적도광도 어이없는 표정으로 사도무영을 바라보다 하마터면 발이 꼬일 뻔했다.
왠지 오공척이 불쌍하게 느껴졌다.
공사도가 살아서 돌아간다면, 그는 죽은 목숨이었다.
장막심은 장담했다.
'분명 살려서 보낼 거야. 병신을 만들더라도.'
그럼 손도 까딱하지 않고 오공척까지 제거할 수 있을 테니까. 차도살인(借刀殺人) 말이다.

정말 무서운 아우였다.

3.

진평장은 단순한 장원이 아니라 정천맹의 형주분타였다.
사도무영은 그것을 알기에 길을 재촉했다.
왜 마령곡이 느닷없이 정천맹의 형주분타를 치겠다고 나선 것일까? 그동안 정천맹의 눈치를 보며 조용히 웅크리고 있던 자들이 아닌가.
'그들이 전격적으로 나섰을 때는 그만한 이유가 있겠지.'
짐작 가는 바가 없는 것은 아니었다. 그래서 더 걱정이었다.
사도무영은 형주가 가까워질수록 왠지 모르게 끈적끈적한 느낌이 들었다.
바람에서도 비릿한 혈향이 맡아지는 기분이었다.
'단순한 세력다툼은 절대 아냐.'

형주가 가까워지는지 오가는 사람들이 점점 많아졌다.
사도무영은 옆에 앉아 있는 제갈유를 바라보았다. 제갈유는 자신이 처음 집을 떠나올 때와 비슷한 표정으로 주위를 둘러보고 있었다.
'정말 방 안의 화초처럼 자랐나 보군.'

사도무영은 쓴웃음을 입가에 매달고 제갈유에게 물었다.
"제갈 형, 진평장이 어떤 곳인지 아시오?"
제갈유가 고개를 돌리더니 고개를 저었다.
"모르오."
그럴 줄 알았다.
'알았다면 오공척의 입에서 진평장이라는 말이 나왔을 때 놀랐겠지.'
그러고 보면 모른 게 다행이었다. 오공척이 수상함을 눈치 챘다면 조용히 지나올 수 없었을 것이거늘.
"그곳은 정천맹의 형주분타요."
"뭐요? 그게 정말이오?"
"일전에 개방의 철표개 어른께 그리 들었소."
"그럼 큰일이구려. 마령곡이 그곳이 어딘지 알고 공격하는 거라면, 그만한 힘을 동원했을 텐데 말이오. 한데 왜 그들이 갑자기 정천맹에 칼을 들이대는 거요? 아무래도 이상하군요."
제갈유는 제갈세가의 기재답게 단번에 상황을 꿰뚫어봤다.
"뭔가 믿을 만한 힘이 뒤에 있으니 그런 것 아니겠소?"
"구천신교 말이오?"
제갈유의 입에서 '구천신교'라는 이름이 나오자 도담과 적도광의 눈빛이 살짝 흔들렸다.
"이미 사천의 삼월보와 하남의 마종문이 움직인 상황이오. 마령곡이라고 해서 움직이지 말란 법은 없지요."

"사 형은 진평장을 도와주러 갈 생각이오?"

"그럴까 하오."

"우리만 가면 너무 적지 않소?"

"오가는 사람들의 표정이 담담한 걸 보니 아직 일이 벌어지지는 않은 것 같소. 일단 가는 길에 철표개 어른이 계신지 알아봅시다. 그분이라면 누구보다 상황을 잘 알고 있을 것이오."

4.

마차는 형주성으로 들어가지 않고 개방의 분타가 있는 외곽의 관운묘로 갔다.

철표개는 개방의 상장로인 만큼 바쁜 사람이었다. 그가 아직까지 형주에 머물고 있을지 확신할 수는 없었다. 하지만 그가 없다 해도, 개방의 사람을 만나면 어떤 식으로든 정보를 얻을 수 있을 것이었다.

'만소개라도 있으면 좋을 텐데.'

마차가 관운묘로 다가가자, 서너 명의 거지들이 어슬렁거리며 나타났다. 타구봉으로 바닥을 툭툭 치면서.

"어이구, 나으리들. 적선해 주시려고 오셨습니까요?"

거지들 중 제법 나이가 들어 보이는 중년거지가 마차를 향해 다가오며 너스레를 떨었다.

그때 제갈유가 불쑥 나섰다.

"나는 제갈세가의 제갈유라 하오. 철표개 장로님께선 어디 계시오?"

중년거지는 땟물이 줄줄 흐르는 눈을 껌벅이며 제갈유를 쳐다보았다. 귀찮음이 역력한 표정이었다.

"제갈세가의 귀한 공자께서 무슨 일로 장로님을 찾으시는 거요?"

"그야 진평장의 일 때문에……."

"제갈 형."

사도무영이 제갈유를 부르며 말을 끊었다.

"예, 사도 형."

'후우.'

사도무영은 속으로 한숨을 쉬며, 단숨에 두 가지 약속을 어긴 제갈유를 바라보았다.

제갈유는 사도무영의 표정을 보고나서야 뒤늦게 자신의 실수를 깨닫고 얼굴이 벌게졌다.

"죄송하오."

"한 번만 더 약속을 어기면 그 자리에서 헤어질 거요. 서운해도 이해하시오."

제갈유는 입을 꾹 닫고 고개만 끄덕였다.

사도무영은 제갈유를 더 상대하지 않고 중년거지를 향해 고개를 돌렸다.

"나는 사영이라 하오. 아마 한 달 전쯤 보신 분도 있을 것 같소만."

중년거지의 눈이 커졌다. 제갈유를 볼 때와는 완전 딴판이었다.

"사영 소협이라고요? 미처 몰라 뵈었습니다요. 그러잖아도 상장로 어르신께서 소협을 보면 모든 것을 아끼지 말라고 신신당부를 하셨습죠."

"그래요? 그분이 저를 좋게 보셨나 보군요."

"조금 전 제갈 공자가 진평장을 거론하던데, 혹시 그 어르신을 찾으시는 일이 그곳과 관련된 것입니까?"

"그렇소. 보아하니 여기에 안 계신 것 같은데, 다른 곳으로 가셨소?"

"어르신께선 조금 전에 방의 아이들을 이끌고 진평장으로 달려갔습죠."

"진평장으로?"

"그렇습니다요. 새끼 거지 하나가 마령곡의 마졸들을 본 모양입니다요. 어르신께서 그 이야기를 들으시더니, 그놈들이 진평장을 노릴지 모른다며 달려갔습죠."

"언제 가셨소?"

"이각쯤 되었습니다요."

"우리는 진평장이 어디 있는지 잘 모르오. 안내해 주실 수 있겠소?"
"제가 안내해드립죠."
사도무영은 망혼진인과 조화설, 적소연은 형주성문 가까운 곳의 객잔에서 쉬게 하고, 다섯 사람만 대동한 채 중년거지를 따라갔다.

제8장
거지냄새와 피냄새

1.

 진평장(陳平莊)은 형주성 동남쪽 십여 리 떨어진 곳에 오만여 평의 대지를 차지하고 있었다.
 본래 그곳은 강호의 수많은 무명무가 중 하나였다. 아니 무가라기보다 상가에 가까웠다. 크기도 지금의 오분지 일에 불과했고.
 한데 이십삼 년 전이었다.
 정천맹이 형주에 분타를 설치한다고 하자, 진평장의 장주인 송문석이 적극적으로 달려들었다.
 그는 상계에 진출해서 많은 돈을 모았지만, 언제고 무가로써 이름을 날리고 싶었다. 그러던 차에 정천맹의 형주분타 설

립은 절호의 기회가 아닐 수 없었다.

정천맹에선 송문석에게, 분타를 운영하는데 들어가는 모든 비용을 부담시키겠다고 했다. 분타의 무사들이 따로 지낼 수 있는 건물도 새로 지어달라고 했다.

송문석은 모든 조건을 받아들였다.

정천맹의 분타가 되면 누가 진평장을 건드릴 수 있을 것인가. 그깟 비용은 큰 것도 아니었다. 오히려 그는 매년 일정액을 기부하겠다고 먼저 제안했다.

결국 정천맹은 진평장에 분타를 설치하기로 결정했다.

돈 한 푼 들이지 않고 분타를 운영하는 것은 물론이고, 매년 황금 백 냥을 기부 받게 되었는데 싫을 게 뭐 있을까.

누이 좋고 매부 좋고, 꿩 먹고 알 먹고. 반대하는 사람이 이상할 상황이었다.

그 이후, 진평장은 정천맹을 등에 업고 순탄대로를 달렸다.

형주의 상인들은 어떻게든 진평장과 가까이 지내려고 했고, 진평장의 비위를 거스르지 않으려고 했다.

수많은 사람들이 들락거리며 항상 활기가 넘치는 곳. 형주를 움직이는 가장 막강한 세력!

어느새 진평장은 형주 사람들에게 그렇게 인식되었다.

철표개가 그런 진평장을 찾아간 것은 신시 초였다.

"마령곡이 말입니까? 하하하, 너무 걱정이 많으신 것 같습니다."

철표개의 얼굴이 붉게 달아올랐다. 죽어라 달려와서 소식을 전했더니 쓸데없는 걸 걱정한다는 투다.

"이보게! 지금 내 판단을 못 믿겠단 말인가?"

정천맹 형주분타의 분타주인 유청화는 들고 있던 찻잔을 내려놓으며 쓴웃음을 지었다.

"못 믿겠단 것이 아닙니다, 장로. 생각해 보십시오. 마령곡이 미치지 않고서야 어찌 정천맹의 분타를 공격한단 말입니까?"

"그럼 삼월보는 미쳐서 소양산장과 영화문을 공격하고, 마종문은 머리에 화살이 박혀서 선풍장을 공격했단 말인가?"

"그곳이 어찌 이곳과 같습니까? 여기는 정천맹의 분타란 말입니다."

"어허! 만일 놈들이 정천맹과 싸우기로 작정했다면 어쩔 건가?"

"놈들이 망하기로 작정했다면 모를까……."

"구천신교가 마령곡을 움직였을 수도 있지 않은가?"

"구천신교가 마도십삼파 중 몇 곳의 배후일 거라는 것은 심증만 있을 뿐이지, 확실한 것도 아니잖습니까?"

"답답하구먼! 그럼 그들이 왜 형주 쪽으로 오고 있을 거라 생각하나?"

"좌우간 그 일은 제가 생각해도 수상한 일이니, 일단 사람을 보내 자세한 상황을 알아보겠습니다."

"시간이 없다니까! 일단 비상을 걸고 철저히 대비부터 해야 되네!"

유청화의 옆에 앉아 있던 중년인이 처음으로 끼어들었다.

"장로님, 무사들을 찬바람 속에 오래 세워놓으면 오히려 전력만 약화될 뿐입니다. 무사들도 불만이 폭주할 것이고요. 그러니 상황을 봐서 대처하도록 하지요."

"불만? 정천맹의 무사들이 그 정도도 견딜 수 없을 만큼 나약하단 말인가? 흥, 그 정도를 힘들게 느낀다면 우리 개방의 거지들은 살아갈 수도 없겠군."

"개방의 방도들과 비교를 할 것까지는……."

만소개가 발끈해서 말했다.

"왜요? 우리 개방은 정천맹 사람이 아닙니까?"

"누가 아니라고 했나? 너무 비약하지 말게. 나는 다만, 평소에도 길거리에서 사는 사람과 정천맹의 정규무사와는 생활 자체가 다르다는 걸 말하고 싶었을 뿐이니까."

만소개는 속이 부글부글 끓었다. 말은 아니라고 하지만 그의 말투에서 개방을 천시하는 마음이 역력하게 느껴졌다.

결국 개방의 거지들과 정천맹의 무사들은 격이 다르다는 말이 아닌가 말이다.

'그냥 확 일을 저질러버려?'

그때 유청화가 넌지시 말했다.

"어떤 일이든 순서라는 게 있소이다. 아직 확실한 것도 아닌데 당장 비상을 거는 건 무리고, 보고가 올라오는 걸 봐서 결정하도록 합시다. 이보게, 진태. 즉시 순찰을 파견해서 상황을 알아보라고 하게."

중년인, 소진태가 자리에서 일어서며 대답했다.

"예, 분타주. 아이들이 확실한 소식을 가져오는 대로 말씀드리겠습니다."

철표개는 유청화와 소진태를 쏘아보았다.

그럼 자신이 가져온 정보는 확실한 것이 아니라는 말인가?

'빌어먹을 놈들. 그동안 너무 편하게 살아왔어. 평화에 너무 오랫동안 안주하다 보니 세상 무서운 줄을 모르는군.'

정천맹이 개방을 무시한 것은 어제오늘의 일이 아니었다. 때로는 중소문파의 무사들보다 더 천대받을 때도 있었다.

이유는 하나였다. 거지라는 것.

오죽하면, 개방이 왜 정천맹의 주요 요직을 차지해야 하냐는 말이 나올까.

철표개는 이를 지그시 악물고 자리에서 일어났다.

말이 통하지 않는 사람을 붙잡고 더 말싸움하고 싶지 않았다.

마음 같아서는 제자들을 데리고 이곳을 떠나고 싶었다. 마령곡의 공격을 받고 어떻게 되든지 말든지.

하지만 차마 그럴 수는 없었다. 개방의 제자가 되면서 협을 지키기로 맹세했다. 아둔한 자들 때문에 자신의 맹세를 저버릴 수는 없었다.

철표개가 일어나자 만소개도 일어섰다.

"나가요, 사부님. 이분들은 우리가 이곳에 냄새를 남기는 걸 좋아하지 않는 것 같습니다."

유청화는 눈살을 찌푸렸다. 그러나 만소개에게 뭐라고 하지는 않았다.

사실이 그랬으니까. 아마 두 사람이 나가면 창문을 한동안 열어놓아야 할 것 같았다.

"식사는 섭섭지 않게 내드릴 겁니다. 가서 드시고 쉬십시오."

철표개는 별반 대답하지 않고 문을 열었다.

바로 그때였다. 저 멀리, 정문 쪽에서 고함소리가 들렸다.

"적이다! 적이 쳐들어왔다!"

"마령곡 놈들이다!"

"으악!"

"놈들을 막아! 어서 분타주께 알려라!"

2.

사도무영 일행은 빠르게 진평장에 접근했다.

정문은 이미 반쯤 부서져 있고, 안쪽에서는 치열한 격전이 벌어지고 있는 상황이었다.

예상보다 빠른 공격.

마령곡의 무사들은 진평장에 도착하자마자 곧바로 공격을 감행한 듯했다. 조금도 망설이지 않고.

의외였다. 정천맹의 분타를 공격한다는 것은 정천맹과 전쟁을 벌이겠다는 말이나 다름없었다. 한데 그렇게 중요한 일을 망설이지 않고 실행에 옮기다니.

"저 자식들이 단체로 약을 먹었나?"

장막심이 눈살을 잔뜩 찌푸리고 말했다. 다른 일에서는 머리가 늦게 돌아가도, 싸우는 것에 대해서는 누구보다 머리가 잘 돌아가는 장막심이었다. 그런 그가 봤을 때 마령곡 놈들은 제정신이 아니었다.

하지만 사도무영은 그와 생각이 조금 달랐다.

망설임 없이 공격을 감행했다는 것. 그것이 마음에 걸렸다.

장막심의 말대로, 단체로 약 먹고 미쳐서 그런 행동을 하는 것은 아닐 것이었다.

'그만큼 자신 있단 말이겠지.'

그들이 자신하는 이유. 그것이 문제였다.

정문을 통과한 사도무영은 앞마당의 상황을 살펴보았다.

마령곡의 무사들과 정천맹의 무사들 백여 명이 뒤엉켜서 서로를 향해 살기를 뿜어내고 있었다.

바닥에는 이미 수십 명이 쓰러져 있고, 그들에게서 흘러나온 피로 인해 앞마당이 붉게 변색되었다.

코를 찌르는 혈향. 앞마당은 아비규환의 전쟁터였다.

격전을 벌이고 있는 곳은 앞마당뿐만이 아니었다. 건물의 뒤쪽에서도, 옆에서도, 건물 사이에 있는 정원에서도, 수백 명이 싸운다. 그야말로 장원 전체가 격전장이었다.

아마 싸우고 있는 양편의 사람을 모두 합하면 족히 오백 명이 넘을 것이었다.

"일단 저들을 좀 도와주고 나서 철표개 어르신을 찾아봅시다. 아마 그분이 있는 곳에 마령곡의 주요 고수들이 있을 것이오."

"네놈들도 마령곡 놈들이냐? 죽어라!"

그때 정천맹 무사 하나가 사도무영을 향해 달려들었다. 핏발 선 눈에서 광기가 흘러나왔다.

쩡!

사도무영은 상대의 검을 손가락으로 가볍게 튕겨내며 차갑게 소리쳤다.

"정신 차리시오! 우리는 마령곡의 무사가 아니오!"

정천맹의 무사는 뒤로 한 걸음 물러나며 사도무영을 쳐다보았다.

"그럼 누구……?"

뒤늦게 들어온 중년거지가 말했다.

"이곳을 돕기 위해서 오신 분들이오. 철표개 장로님은 어디 계시오?"

정천맹의 무사는 중년거지가 개방의 제자임을 알고 그제야 의심을 풀었다.

"그분은 뒤쪽 연무장에서 마령곡의 고수들을 상대하고 계시오."

"갑시다!"

사도무영은 촌각도 망설이지 않고 곧장 앞마당을 가로질렀다. 장막심 등도 그의 뒤를 따라가고, 실력이 딸린 중년거지는 재빨리 정문으로 빠져나갔다.

사도무영 일행은 앞마당을 가로지르며 마령곡의 무사들을 보이는 족족 쓰러뜨렸다.

단 여섯 명이었지만, 개개인이 절정 이상의 경지에 도달한 고수들이었다.

그들이 폭풍처럼 앞마당을 휩쓸고 지나가자, 순식간에 마령곡 무사 삼십여 명이 쓰러지며 상황이 급변했다.

마령곡의 무사들은 갑작스런 그들의 출현에 대경했다.

"놈들에게서 물러나라!"

반면 겨우겨우 침입자를 막고 있던 정천맹의 무사들은 사기가 활활 타올랐다. 사도무영 일행이 누군지 알 필요도 없었다. 적을 쓰러뜨리는 사람은 그게 누구든 아군이었다.

"구원무사들이 왔다! 놈들을 쳐라!"

사도무영 일행은 십여 명을 더 쓰러뜨려 마령곡 무사의 숫자를 확실하게 줄여놓고 앞마당을 떠났다.

후원으로 가는 도중에도 마령곡의 무사들이 보이면 망설이지 않고 손을 썼다.

갑자기 들이닥친 폭풍은 비관적이던 상황을 단번에 바꾸어 놓았다.

하지만 언제까지 하급 무사들만 상대할 수는 없는 일. 사도무영은 정천맹의 무사들이 유리해지면 그곳을 떠나 안쪽으로 들어갔다.

"이놈들! 네놈들이 감히 본 맹을 치다니! 용서치 않을 것이다!"

유청화는 분노의 일갈을 내지르며 검을 휘둘렀다.

철표개의 말을 듣고도, 설마 그들이 정말 정천맹의 분타를 공격하랴 싶었다. 그 바람에 초기대응을 제대로 하지 못했지만, 그래도 자신들이 밀릴 거라고는 생각지 않았다.

철표개의 말에 의하면 마령곡의 무사 숫자는 이백 정도라 했다. 그 정도 전력이라면 마령곡 전체 전력의 일부일 터, 충분히 막아낼 수 있을 거라 생각한 것이다.

하지만 자신이 얼마나 잘못 생각했는지 깨닫는 데는 반각도 걸리지 않았다.

적들 중 일부는 앞쪽을 쳐서 진평장의 무사들을 공격하고,

일부는 장원 뒤쪽에 있는 정천맹 분타 건물로 쳐들어왔다.

순식간에 수십 명이 피를 뿌리며 죽어가고, 살기가 장원 전체를 짓눌렀다.

끊임없이 들리는 고함소리, 병장기 부딪치는 소리, 귀청을 괴롭히는 비명과 신음!

장원을 스쳐가는 바람에는 비릿한 피냄새가 배어있고, 대지에 피어난 붉은 혈화는 시간이 갈수록 점점 더 많아졌다.

"으하하! 유청화! 어디 잘난 무당의 검을 한 번 보자!"

유청화는 살소를 터트리며 다가오는 자를 노려보았다.

그는 무당의 제자였다. 비록 본산제자가 아닌 속가제자였지만, 그 무위는 무당에서도 열 손가락 안에 드는 절정고수였다.

한데 그런 그조차 다가오는 자를 무시하지 못했다.

상대는 마령곡의 부곡주인 잔혼마도 석초였던 것이다.

"보고 싶다면 보여주지!"

유청화는 검으로 석초를 가리키고서 신형을 날렸다.

찰나 간에 유청화의 검과 석초의 도가 뒤엉켰다.

쩌저저정! 따당!

유청화는 태을검을 펼치며 석초를 압박했다.

태을검은 양의검이나 구궁검보다 강맹함을 주로 한 검법이었다. 그럼에도 석초가 펼친 도막을 한 치도 뚫고 들어가지 못했다.

오히려 감정이 앞서는 바람에, 십 초가 지나면서 석초에게 밀리기 시작했다. 그리고 이십 초가 지날 무렵, 결국은 석초의 도가 유청화의 어깨를 훑고 지나갔다.

따다당! 스걱!

"크윽!"

유청화는 와락 얼굴을 일그러뜨리며 뒤로 물러났다.

도는 세 치 정도 떨어진 채 스치고 지나갔다. 하지만 도에서 뻗어 나온 도기가 옷을 찢고 살을 깊게 갈라버린 상태. 순식간에 유청화의 어깨가 붉게 물들었다.

석초는 얼굴이 일그러진 유청화를 보며 득의의 웃음을 흘렸다.

"우물 안 개구리 같은 놈! 그따위 검으로는 본인의 터럭 하나도 건드릴 수 없다!"

그 사이, 철표개는 만소개와 함께 개방의 제자들을 독려하며 적과 싸웠다.

"흩어지지 말고 적을 상대해!"

개방의 제자들은 분타의 정규무사들보다 약했다. 흩어지면 살아날 가능성이 그만큼 적었다.

그나마 철표개와 만소개가 아니었다면, 태반이 이미 목숨을 잃었을 것이었다.

"이놈아! 그쪽을 잘 막아!"

철표개가 만소개를 향해 소리치고 타구봉을 휘둘렀다.

그의 앞에는 공사도가 있었다. 공사도는 철표개의 타구봉을 서너 번 맞받아치고는, 도저히 안 되겠는지 뒤로 슬쩍 물러났다.

상대는 개방의 상장로인 철표개였다. 자신 혼자 상대하기에는 무리였다.

"거지 늙은이가 이곳에 있을 줄은 미처 몰랐군! 하지만 늙은이 하나 있다고 해서 상황이 달라지지는 않을 것이다!"

철표개도 내심 그의 말을 인정했다.

'빌어먹을! 이러다가 다 죽겠어!'

상황은 비관적이었다.

예상했던 것보다 훨씬 강한 자들이 몰려왔다.

부곡주인 석초에다가 장로들만도 세 명이나 되었다. 게다가 마령곡 최강의 정예라는 마령대마저 왔다.

전체적인 숫자야 비슷했다. 하지만 개개인의 실력 차가 커서 숫자는 아무런 의미가 없었다.

잠깐 사이 정천맹의 무사 중 반 가까이가 죽은 상황. 개방의 제자도 스물 중 이미 아홉 명이 죽거나 다쳤다. 이대로 일각만 더 지나면 몇 사람이나 살아서 도망칠 수 있을지 짐작도 되지 않았다.

더구나 유청화마저 부상을 입고 뒤로 물러나는 게 보인다.

'아무래도 안 되겠어. 더 늦기 전에 빠져나가야 돼.'

하지만 빠져나가기도 쉽지 않았다.

사방이 마령대에 의해 포위된 상태였는데, 개방의 힘만으로 포위망을 뚫기에는 역부족이었다.

그렇다고 이대로 전멸할 수는 없는 일. 그가 유청화를 향해 소리쳤다.
"분타주! 더는 안 되네! 즉시 탈출을 명하게!"
유청화도 탈출하고 싶었다. 헛되이 목숨을 잃느니 빠져나가서 다음을 도모하는 게 나았다.
그러나 자존심이 상했다. 이대로 빠져나가면 남들이 손가락질 할 것 같았다.
그는 갈등을 느끼고 잠시 멈칫했다. 그 사이에 서너 명의 정천맹 무사들이 비명을 지르며 쓰러졌다. 그리고 석초가 어림없다는 듯 도를 치켜들고 달려들었다.
"으하하하! 네놈의 머리는 내가 가져갈 것이다!"
유청화는 명을 내리지 못하고 석초의 도를 막았다.
따당!
어깨의 부상은 그가 생각한 것보다 더 심했다. 도검이 부딪치자 어깨가 떨어져나갈 것만 같았다.
'크으윽!'
주춤거리며 물러서는 그를 향해 석초가 벼락같이 도를 떨쳤다.
유청화는 다급히 몸을 뒤로 눕히며 바닥을 굴렀다.
석초는 멈추지 않고 재차 유청화를 공격했다. 이번 공격에서 반드시 유청화의 목을 자르려고 작정한 듯했다.
유청화는 낯빛이 흙색으로 변한 채 정신없이 검을 휘둘렀다.
그때 만소개가 유청화의 위기를 보고 몸을 날렸다. 꼴 보기 싫은 자지만, 그렇다고 죽어가게 내버려 둘 수는 없는 일이 아닌가.

"피해요, 분타주!"

석초는 만소개가 옆구리를 공격해오자 몸을 틀며 도를 그었다.

쩡!

만소개는 이를 악물고 옆으로 두 걸음 물러났다.

석초의 도는 그가 생각했던 것보다 훨씬 강했다. 직접 부딪쳐보고 나서야 유청화가 왜 이십 초만에 어깨를 내줬는지 이해되었다.

'잔혼마도 석초, 명불허전이군!'

유청화는 그 틈을 이용해서 석초의 공격권을 벗어났다.

"새파란 거지새끼가 감히 내 앞을 막다니!"

석초는 유청화의 목을 베지 못하자 만소개에게 분노를 쏟아냈다.

만소개가 피하려 했지만 석초는 그럴 틈을 주지 않았다.

이제 거꾸로 만소개가 위기에 몰렸다.

"이놈아! 조심해!"

대경한 철표개가 버럭 소리치고 만소개에게 가려고 했다. 하지만 공사도가 가만두지 않았다.

"늙은이는 우리와 싸워야지!"

철표개가 강하다는 걸 알고 마령곡의 장로인 두경섭이 달려온 상황이었다. 둘이라면 충분히 철표개의 질긴 목을 벨 수 있을 것이었다.

철표개는 마음이 다급했지만 당장은 공사도와 두경섭의 합공부터 막아야했다.

"이놈아! 어서 빠져나가!"

만소개는 사부의 외침이 귀에 들어오지도 않았다.

그도 빠져나가고 싶었다. 그러나 석초가 놔주지를 않았다. 개방의 자랑이라는 취팔선보를 펼쳐도, 석초는 그의 꼬리를 놓치지 않고 악착같이 달려들었다.

따다당!

만소개는 타구봉을 휘둘러서 가까스로 석초의 도를 막았다.

연속적으로 대여섯 번을 부딪치자 손목이 찡하니 울렸다. 가슴이 턱턱 막히는 듯했다.

"새끼거지가 제법이구나! 내 도를 십 초나 막아내다니!"

석초는 자신의 도를 십 초나 막아낸 만소개를 감탄한 눈으로 바라보았다. 물론 놔주고 싶은 마음은 전혀 없었다. 오히려 반드시 죽일 작정을 했다.

"오늘 죽이지 않으면 나중에 위협이 될 놈이로군!"

"얼마든지 덤벼봐, 개자식아!"

오기가 생긴 만소개가 객기를 부리며 욕설을 퍼부었다.

그의 욕설에 석초가 눈을 치켜떴다.

"이 건방진 거지새끼가!"

그 후부터 도세가 더욱 거칠어졌다.

'제길, 괜히 욕했네!'

만소개는 후회를 하며 정신없이 타구봉을 휘둘렀다.

석초의 도와 부딪칠 때마다 손에서 감각이 점점 사라졌다.

이러다 어느 순간에 목이 잘리는 것은 아닐까? 갑자기 그 생각이 들며 왈칵 겁이 났다.

순간 땅! 소리와 함께 그의 손아귀에서 타구봉이 빠져나갔다.

만소개는 타구봉마저 놓치자 급히 몸을 굴렸다.

"크하하! 죽어라 이놈!"

대소를 터트린 석초가 그림자처럼 만소개를 따라가며 도를 내리쳤다.

휙, 고개를 돌린 만소개는 목으로 떨어져 내리는 칼날을 바라보며 눈을 부릅떴다. 몸이 말을 듣지 않았다.

"굴러!"

갑자기 고함소리가 귀청을 울렸다.

만소개는 자신도 모르게 바닥을 떼굴떼굴 굴렀다. 찰나 석초의 도에서 뻗친 도기가 등줄기를 훑고 지나갔다.

싸한 느낌과 함께 고통이 밀려들었다.

바로 그때 뒤에서 굉음이 들렸다.

쾅!

자신의 등판이 박살난 걸까?

정신이 아득해졌다. 이제 죽는가 보다.

"정신 차리고 한쪽으로 비켜!"

좀 전에 고막을 흔든 목소리가 다시 들렸다. 한데 어디선가 들어본 목소리였다.
 '저 목소리는……?'
 번개처럼 고개를 돌리자 사도무영의 옆모습이 보였다.
 금방 죽을 것 같던 그의 얼굴에 웃음이 떠올랐다.
 "크크크, 당신이 오다니! 개자식들! 니들 이제 다 죽었다!"
 사도무영은 간발의 차로 만소개를 구하고는 석초를 공격했다.
 "이건 또 뭐하는 새끼야?"
 석초는 눈을 치켜뜨고 사도무영을 노려보았다.
 하지만 그는 여유를 부릴 틈이 없었다. 사도무영의 도에서 뻗친 도기가 대기를 잘게 가르며 밀려들고 있었다.
 쩌러러렁!
 석초와 사도무영의 도가 서로의 도를 휘감고 돌았다.
 찰나 간에 삼 초의 공방이 이루어지고, 도기의 폭풍이 휘몰아치는가 싶더니, 쩡! 소리와 함께 석초의 몸이 뒤로 주르륵 밀렸다.
 "이 개자식이……!"
 자존심이 상한 듯 석초의 얼굴이 벌겋게 달아올랐다. 그러나 노회한 고수답게 재빨리 분노를 다스렸다.
 "네놈은 누구냐?"
 사도무영은 그와 대화를 나누고 싶은 마음이 눈곱만큼도 없었다. 시간을 끌 생각 역시.
 칼을 들었으니 칼로 말하면 되는 것이다!

가볍게 땅을 박찬 그는 석초를 향해 도를 뻗었다.

시퍼런 도기가 도신을 타고 죽 밀려간다 싶은 순간, 번쩍! 도 끝에서 도광이 폭발했다.

속전속결(速戰速決)!

시간을 줄이기 위해 아수라무광일도단천식을 펼친 것이다.

"헛!"

눈을 홉뜬 석초는 벼락처럼 도를 휘둘렀다.

콰광!

"크읙!"

만취한 사람처럼 비틀거리며 정신없이 물러서는 석초의 입에서 쥐어짠 신음이 흘러나왔다.

회칠을 한 것처럼 창백한 낯빛. 악다문 이 사이로 얼핏 보이는 핏물. 살기로 번들거리던 눈빛은 이미 감나무 꼭대기에 매달려 썩어가는 홍시처럼 변해 있었다.

사도무영은 그런 석초를 직시한 채 좌수를 흔들었다.

작정하고 펼친 풍뢰수에 대기가 진저리쳤다.

콰르릉!

뇌음이 울리고, 석초의 입이 떡 벌어졌다.

쾅!

가슴이 움푹 함몰되는가 싶더니, 석초의 몸뚱이가 이 장 밖으로 튕겨졌다.

털썩.

단 오 초만에 석초를 쓰러뜨린 사도무영은 만소개를 바라보았다. 튕겨나간 타구봉을 주워들고 서 있었는데, 얼굴이 창백한 게 그리 좋아 보이지는 않았다.
"괜찮소?"
보면 몰라? 당신 눈에는 괜찮은 것처럼 보여?
속마음이야 그랬지만, 겉으로는 웃으려고 노력했다.
거지에게도 자존심은 있으니까.
"뭐 견딜 만하오."
"그럼 저자는 당신이 맡아주시오."
반가운 말이었다. 그동안 당한 걸 갚아줄 기회였다.
중상을 입은 채 바닥을 기고 있는 사람을 때리는 게 양심에 찔리긴 했지만, 오늘만큼은 양심을 무시하기로 했다.
고수는 확실히 때려눕혀야 후환이 없는 법이니까.
'까짓 거 뭐 어때? 타구봉이 원래 개잡는 몽둥이인데. 개잡으면서 도리를 찾는 놈이 미친놈이지! 안 그래?'
그렇게 생각한 만소개는 씩 웃고 타구봉을 움켜쥐었다.
"걱정 마쇼."
사도무영은 만소개에게 석초를 맡기고 철표개 쪽을 바라보았다.
도담이 철표개에게서 두경섭을 떼어내 상대하고 있었다. 양류한은 중년무사 하나와 대치하고 있었고, 장막심과 적도광은 마령대를 몰아치며 개방 제자들의 숨통을 틔워주었다.

상황이 급변하기 시작했다.

석초가 쓰러지면서 마령곡 무사들은 사기가 급전직하로 떨어진 상태. 반면 참담한 표정이던 정천맹 무사들의 눈빛에서는 희망의 열기가 떠올랐다.

살 수 있어! 이길지도 몰라!

"힘내라! 마도 무리를 치고 정의를 지키자!"

"동료들의 원한을 갚자!"

곳곳에서 정천맹 무사들의 고함소리가 터져 나왔다. 좀 전과 전혀 다른 힘찬 고함소리였다.

사도무영은 철표개가 있는 곳으로 신형을 날렸다.

공사도는 사도무영을 바로 알아보았다. 철표개에게서 훌쩍 뒤로 물러난 그는 눈을 휘둥그렇게 뜨고 말을 더듬었다.

"네, 네놈은……!"

"꽤나 질긴 인연이군요. 형주로 오다가 오공척이라는 자를 만났는데, 그가 친절하게 알려줍디다. 당신이 여기 있다고."

근처에서 싸우던 장막심과 양류한이 멈칫했다.

그럼 그렇지! 그런 표정을 지은 채.

하지만 사정을 모르는 공사도는 창백한 안색으로 이를 갈았다.

'그 개새끼가!'

토막 내서 씹어 먹고 싶었다. 하지만 그것도 오공척을 만나야 가능한 일이었다.

석초가 쓰러졌고, 두 명의 장로와 마령대의 주요 고수들도 느닷없이 나타난 자들에게 막힌 상태.

'이놈이 날뛰기 시작한다면 끝장이다.'

빠르게 머리를 굴린 공사도는 이를 악물었다.

'여차하며 도망가야겠어!'

그때였다. 사도무영이 좌수를 들더니 쫙 펴고 물었다.

"이게 뭔지 아쇼?"

언뜻 파란 광채가 나는 반지가 보였다.

'저기에 무슨 비밀이라도 있나?'

멈칫한 공사도는 의아한 표정으로 반지를 바라보았다.

그때 사도무영이 손가락을 구부리며 싸늘하게 말했다.

"그대를 지옥으로 빠뜨릴 안내자."

순간이었다. 반쯤 구부러진 손가락에서 시퍼런 광채가 번뜩였다.

심상치 않은 느낌이 든 공사도는 뒤로 한 걸음 물러서며 도를 들어올렸다.

찰나! 손가락 끝에 영롱한 구슬처럼 맺혔던 시퍼런 광채가 벼락처럼 튕겨졌다. 특히 청룡안이 끼어져 있는 중지에서 뻗어나간 번개는 유난히 더 파랗고 강력했다.

공사도는 반사적으로 도를 휘두르며 뒤로 물러났다.

쩌정! 퍼벅!

회천지 다섯 줄기 중 두 줄기는 겨우 막아냈지만, 나머지 세 줄기가 공사도의 몸을 관통했다.

"크어억!"

공사도는 물러나던 힘까지 보태서 삼 장이나 뒹군 후에 겨우 상체를 세웠다.

한 줄기는 어깨의 빗장뼈를 박살냈다. 다른 한줄기는 무릎을 박살냈고, 또 다른 한줄기는 기해혈을 스치고 지나가며 치명적인 내상을 입혔다.

"끄으으……. 이 비겁한……."

"친절하게 알려주기까지 했는데 비겁은 무슨. 시간을 줄이려고 그런 것이니 이해하쇼."

'개자식!'

공사도는 속으로 욕을 퍼부으며 눈알을 굴렸다.

옆쪽에서 마령대원 다섯이 정천맹의 무사들을 몰아붙이고 있는 게 보였다.

자신이 움직일 수 없을 거라 생각했는지, 놈은 더 이상 다가오지 않고 쳐다만 보고 있고. 마지막 기회.

'이삼 초는 막아주겠지.'

그렇게 생각한 그는 마령대원들을 향해 악을 쓰듯 소리쳤다.

"뭐하느냐! 그놈들은 놔두고 저놈을 막아!"

마령대원 중 셋이 몸을 빼내 사도무영과 공사도 사이를 가로막았다.

시야가 가려진 사이, 공사도는 젖 먹던 힘까지 짜내서 땅을 박찼다.

온몸이 부서질 것처럼 고통이 밀려들었다. 하지만 지금이 아니면 영원히 도망칠 수 없을 것이었다.

"크으으, 두고 보자, 개자식!"

사도무영은 도망치는 공사도를 그대로 놔두고 마령대원들을 때려눕혔다.

'가서 오공척이란 놈이나 혼내줘. 마령곡의 곡주에게 엉뚱한 생각 말라고 전해주고.'

석초가 만소개의 타구봉에 맞아 기절하고, 공사도가 도망치면서 전황은 더욱 빨리 한쪽으로 기울었다.

도담은 두경섭을 몰아붙이고, 적도광과 장막심, 양류한은 마령대를 추풍낙엽처럼 쓰러뜨렸다.

물론 장막심은 상대를 죽이기보다 말 그대로 때려눕혔다.

퍽! 퍼벅!

"맞기 싫으면 그냥 누워 있어!"

퍼벅!

"거짓말로 기절한 척하면 안 때릴 줄 알고?"

빡!

"그럼 어떻게 하라고, 이 개……, 컥!"

가끔은 혈도를 찔러서 제압하기도 했는데, 대부분은 그의 커다란 검에 맞아서 기절했다.

제갈유도 검을 뽑아들고 나름 열심히 싸웠다.

그의 본 실력은 그리 약하지 않았다. 비록 다른 네 사람에 비하면 모자라긴 해도, 마령대 두세 명 상대하는 것에는 무리가 없었다.

문제는 목숨을 건 실전이 처음이라는 점이었다. 사람을 죽이는 것도 처음이었고.

검을 뽑아들고 싸움에 끼어들 때만 해도, 그는 다른 사람에게 뒤지지 않을 자신이 있었다. 그러나 시간이 갈수록 그런 마음이 조금씩 흔들렸다.

사람을 죽인다는 것. 검으로 목을 치고 심장을 쑤신다는 것. 그것은 생각했던 것보다 쉬운 일이 아니었다.

피가 몸에 튀고, 자신의 손에 상대가 죽어가고, 죽어가는 자의 눈이 자신을 바라볼 때마다 가슴이 서늘해지고 손이 떨렸다.

그는 결국, 상대의 심장에서 튄 피가 얼굴에 묻자, 광기에 가까운 고함을 내지르며 검을 휘둘렀다.

"으아아! 죽어! 그렇게 쳐다보지 마!"

정기신을 일체로 집중해도 목숨을 건 싸움에서는 조심해야 하거늘, 심기가 흔들린 그는 검마저 흔들렸다.

그 기회를 놓치지 않고 마령대원 하나가 그의 등 뒤로 접근했다. 하지만 마음이 흔들린 제갈유는 전면만 신경 썼다.

일 장 뒤까지 접근한 마령대원은 회심의 미소를 지으며 검을 뽑았다.

마령대원의 검이 제갈유의 등판에 꽂히려는 순간, 한 자루

검이 마령대원의 목을 꿰뚫었다.

푹!

"컥!"

그제야 대경한 제갈유가 몸을 비틀었다.

검 끝에 걸린 옷자락이 찌익, 찢어졌다.

"정신 차려!"

양류한이 싸늘하게 소리치며 제갈유를 노려보았다.

제갈유의 마음이 어떤지 양류한도 모르지 않았다. 비록 정도가 약하긴 했지만, 처음에는 자신도 그랬으니까.

그러나 그것이 결국 자신에게 해만 될 뿐이라는 걸 알고 이를 악물었다. 살기 위해서.

생사투에서 웃을 수 있는 자는 마지막까지 살아남은 자뿐인 것이다.

"죽기 싫으면 정신 바짝 차리고 싸워! 전장에서는 제갈세가의 사람이라고 봐주지 않으니까!"

양류한은 다시 한 번 제갈유를 다그치고 몸을 돌렸다.

그제야 어느 정도 정신을 차린 제갈유가 살짝 떨리는 목소리로 말했다.

"고맙소."

바로 그때였다.

"크억!"

두경섭이 도담의 검에 쓰러졌다.

그마저 쓰러지자 마령곡의 무사들은 더 견디지 못하고 앞다투어 도주했다.

"모두 후퇴해!"

"이곳을 빠져나간다!"

3.

마령곡이 진평장에 쳐들어온 지 이각 반. 싸우던 소리가 급작스럽게 줄어들었다. 그리고 다시 반각, 괴괴한 적막감마저 느껴졌다.

석양이 장강을 붉게 물들이며 서산으로 넘어가는 시각.

신음이 흘러나오는 진평장의 하늘도 핏빛으로 물들었다.

침입자들은 물러갔지만 누구도 자신들이 승리했다고 생각하지 않았다.

정천맹 무사 이백여 명 중 반이 죽었다. 진평장 삼백 무사 중 살아남은 자는 백이삼십 명에 불과했다. 그리고 살아있는 사람들도 대부분이 크고 작은 부상을 입은 상태였다.

통곡이 터져 나올 상황. 승리를 외친다는 것은 미친 짓이었다.

살아남은 사람들은 꿈을 꾼 것만 같았다. 그것도 아주 지독한 악몽을!

"아야야야!"

"참아 이놈아! 그러게 왜 겁도 없이 그놈에게 달려들어!"
"그럼 어떡해요. 분타주가 당하게 생겼는데."
"언제부터 그놈을 좋아했다고……."
"얄밉긴 해도 별수 없잖아요. 분타주가 쓰러지면 사기가 더 떨어질 것이고, 그럼 모든 게 끝장인데. 정의와 협을 지키기 위해서라면 개인적인 감정 따위는 접어둘 수 있는 게 이 제자라고요."
"어이구, 우리 개방에서 천하의 대협 나왔네."

철표개는 진정 감탄했다는 듯 한소리하고는, 만소개의 등을 싸맨 천을 확 잡아당겼다.

"으아아! 천천히 당겨요!"
"천하의 대협이 이 정도에 비명을 질러서야 되나?"
"대협은 뭐 아플 때 웃는데요?"
"말끝마다 토를 달기는……. 이제 일어나!"

철썩!

"으악! 거길 때리면 어떡해요!"

사도무영은 싸움을 벌이듯 상처를 치료하는 두 사람을 바라보며 피식 웃었다.

철표개는 고개를 돌리고 혀를 찼다.

"도무지 안심할 수가 없는 놈이라니까. 저 죽을지도 모르고 무작정 달려들다니. 쯔쯔쯔……."
"어쨌든 그 덕에 분타주가 무사했지 않습니까."

철표개는 그 말에 착잡한 표정을 지었다.

"솔직히 그가 다친 것에 대해서 조금도 안쓰럽지가 않네. 내 말을 듣고 방비만 했어도 죽은 사람 중 반은 더 살았을 거야. 결국 그 사람들은 분타주의 잘못된 판단 때문에 목숨을 잃은 거지. 남을 부리는 위치에 있는 사람은 항상 자신의 판단이 아래쪽에 어떤 영향을 미칠지 생각해야 하는 법이거늘……"

사도무영은 그제야 상황을 대충 이해하고 이마를 찌푸렸다.

"상황을 말했는데도 분타주가 어르신의 말씀을 믿지 않았단 말입니까?"

"정천맹이 우리의 말을 무시한 것은 어제오늘의 일이 아니라네. 그 사람도 어리석은 사람은 아닌데, 분타주로 오래 있다 보니 타성에 젖어서……. 쯔쯔쯔."

사도무영은 어이가 없었다.

"한심하군요. 정보가 얼마나 중요한지 모르진 않을 텐데 말입니다."

"비영당과 정첩당이면 충분하다고 생각하는 거겠지. 우리 개방은 그들이 원하는 정보만 건네주면 되고 말이야."

"정보는 시간이 생명이잖습니까. 보고를 한 단계 더 거친다는 게 무슨 뜻인지, 설마 정천맹에서 그걸 모르진 않겠지요?"

모르진 않을 것이다. 알지만 무시하는 것일 뿐.

그동안은 평화의 시기였으니 그래도 될지 몰랐다. 그러나 이제는 아니었다. 전쟁의 먹구름이 몰려드는 지금은.

"알아도 현 체계를 고치기가 쉽지 않다네. 정천맹의 정보 운용방식을 우리 개방 중심으로 모두 뜯어고쳐야 하는데, 정천맹의 원로들이 원치 않고 있거든."

"그럼 현 방식을 계속 고수하실 겁니까?"

"우리야 고치고 싶지. 하지만 힘이 없으니 별수 있나? 속상해도 참아야지."

사도무영은 정천맹의 내부가 자신의 생각보다 심각한 상황임을 알고 실망을 금치 못했다.

'그래 가지고 일사불란하게 움직이는 구천신교를 감당해 낼 수 있을까?'

아무리 봐도 정천맹의 앞날이 깜깜했다.

물론 자신이 정천맹의 미래까지 걱정해 줄 이유는 없었다. 그러나 정천맹이 잘못 될 경우, 자신의 주위사람들이 다칠지 몰랐다.

천보장 같은 경우만 해도 그랬다. 지금이야 귀마궁이 박살나서 괜찮다지만, 정천맹을 누르고 구천신교가 득세하면 천보장도 당장 생존의 위협을 받을 수밖에 없을 것이다.

그렇게 놔둘 수는 없는 일.

"제갈세가에 들러서 천유검 제갈 대협을 만났습니다. 그분께 정보를 제공하는 대가로 약속받은 것이 있는데, 그중 하나는 정천맹의 정보망을 이용할 수 있게 해달라는 거였고, 또 하나는 제자분을 당분간 제가 정보통로로 이용하겠다는 것이었습니다. 물론 만소개 형이 허락했을 때의 문제이긴 합니다만. 그래서 드리는 말씀인데, 개방이 지닌 정보를 저에게 직접적으로 전해주실 수 있겠습니까?"

"우리 개방의 정보를 자네에게 직접?"

반문하는 철표개의 노안에서 섬광이 번뜩였다.

천유검은 오호단의 수장이자 정천맹의 장로, 주요 사안에 대해 결정을 내릴 권한이 있었다. 그가 허락했다면 크게 문제 될 것이 없었다.

그리고 무엇보다, 사도무영이 마음에 들었다.

"나와 저 녀석의 목숨을 구해줬는데, 뭘 못해 주겠는가? 걱정 말게. 최소한 우리 둘만큼은 정천맹보다 자네를 우선시 할 것이네."

"고맙습니다, 어르신."

"허허허, 고맙기는……."

철표개는 정말 기분이 좋았다. 천하에서 첫손가락 꼽을 수 있는 기재가 말끝마다 자신을 어르신이라 부르며 공경하지 않는가.

정천맹의 콧대만 높은 젊은 놈들도 배워야 할 텐데.

'그놈들은 코를 쥐어 싸고 째려보지나 않으면 다행이지. 킁!'

철표개는 처음 만났을 때 알아봤으면서도, 개방의 곳간이 통째로 털리고 있다는 걸 알지 못했다.

"그럼 몸 보중하십시오. 저희는 기다리는 사람이 있어서 그만 가 봐야겠습니다."

"그렇게 하게나. 이놈은 몸이 낫는 대로 자네에게 보내겠네. 능력도 별 볼일 없는 놈이 몸까지 아프면 폐만 될 것 아니겠나?"

"사부님……."

만소개의 이마에 주름이 열 개는 그어졌다.

그래도 사도무영과 함께 움직인다는 것이 마음에 들어서 더 이상 대들지는 않았다. 기분이 상하면 못 가게 할지도 모르니까. 변덕쟁이 사부님.

"장로님, 장주님과 분타주께서 오셨습니다."

그때 밖에서 개방제자의 목소리가 들렸다.

철표개는 좋았던 기분을 속에다 구겨 넣고 방문을 흘겨보았다.

"안으로 모셔라."

곧 방문이 열리고 두 사람이 들어왔다.

어깨를 천으로 감싼 유청화와 진평장의 장주 송문석이었다.

철표개가 선수를 쳐서 말했다.

"치료를 끝냈으니 바로 나갈 거네. 거지들이 보기 싫어도 조금만 참아주시게."

"죄송합니다, 장로."

"분타주가 죄송할 게 뭐 있는가?"

"허허허, 장로, 그만 진정하시고, 밤도 늦었으니 이곳에서 주무시구려."

"그래도 거지들 냄새가 피냄새보다는 나은가 보구려."

유청화는 무안함을 감추기 위해 사도무영을 바라보았다.

어차피 나가려던 길. 사도무영은 자리에서 일어나 철표개를 향해 허리를 숙였다.

"이야기 나누십시오. 먼저 가서 어르신의 소식을 기다리겠습니다."

철표개는 사도무영의 행동이 뜻하는 바를 알고 은근히 기분이 좋아졌다.

"그러겠나? 험, 그럼 가 보게. 나중에 보세."

유청화가 다급히 입을 열었다.

"나는 정천맹 형주분타주인 유청화라고 하네. 덕분에 놈들을 물리칠 수 있었네. 어느 곳의 공자인지 알려주면 나중에라도 은혜를 갚겠네."

"허험, 나는 이 장원의 주인인 송문석이라 하네. 오늘 엄청난 피해를 입긴 했네만, 그래도 젊은이들 덕분에 우리 가족들이 무사했네. 정말 고맙구먼."

"철표개 어르신을 찾아왔다가 우연히 끼어들었을 뿐입니다. 은혜라고 할 것까지 없으니 너무 마음 쓰지 마십시오. 그럼 갈 길이 바빠서 이만."

사도무영은 유청화와 송문석이 잡을 틈도 없이 방문을 향해 돌아섰다.

"이, 이보게. 그냥 이렇게 가면 남들이 우리를 배은망덕하다고 욕할 거네."

사도무영은 그 말에 멈칫하더니, 고개를 돌리고 무심한 목소리로 말했다.

"그럼 저에게 해주고 싶은 것을 저분들께 해주십시오. 도움을 주기 위해 저보다 먼저 달려오신 분들이 아닙니까? 비록 그게 도움인지 아닌지 분간 못하는 바람에 이런 상황이 되긴 했습니다만."

유청화의 얼굴이 벌게졌다. 송문석은 미처 상황을 몰라 어리둥절한 표정을 지었고.

사도무영은 다시 몸을 돌리고 방을 나섰다.

두 사람은 차마 사도무영을 잡지 못했다.

그놈의 자존심 때문에.

젊은 놈이 강하면 강했지, 얼마나 강하다고 저리 콧대가 높단 말인가?

'무공 좀 강하다고 꽤나 건방지군.'

'그래도 우리 영선이 짝으로 괜찮을 것 같은데……. 철표개에게 어느 집 자식인지 알아봐야지.'

철표개의 방을 나온 사도무영은 슬쩍 방을 뒤돌아보고 씩 웃었다.

'개방의 정보망을 거저 얻었군. 역시 사람이 겸손하면 자다

가도 떡이 생긴다니까.'

다가오던 장막심이 사도무영의 웃음을 보더니 고개를 갸웃거리며 물었다.

"뭐가 그리 좋아서 웃는 건가?"

"앞으로 흑사방에 돈을 주지 않아도 될 것 같거든요."

그 뿐인가? 이득은 그 열 배도 더 되었다. 당연히 기분이 좋을 수밖에!

4.

번쩍!

북궁마야의 눈이 뜨이며 묵광이 쏟아졌다.

현천대전의 태사의 아래에는 칠파의 종주와 구천신교의 장로, 원로들이 사열로 앉아 있었다.

"본좌는 심사숙고 끝에 올해를 넘기지 않기로 결정했다. 현천의 주신께서 보살피사, 그동안 조용히 지내던 우리를 저들이 먼저 건드렸다. 참고 있으면 저들이 우리를 얼마나 비웃겠는가!"

앉아 있던 사람들이 일제히 일어나더니, 무릎을 꿇고 허리를 숙이며 외쳤다.

"현명하신 결단이시옵니다, 대교주시여!"

"현천의 뜻에 따르겠나이다!"
"하명하소서!"
북궁마야도 천천히 자리에서 일어났다.
"구천총령 북궁조와 호교무장전의 용사들이 구천신군을 이끌 것이다! 죽음을 두려워하지 않는 현천의 교도들이여! 세상에 어둠이 얼마나 위대한지 알려라! 교도들의 피 한 방울 한 방울이 세상을 적시다 보면, 저들의 가슴에도 현천의 뜻이 새겨질 것이다!"
"위대한 현천의 뜻을 위해!"
"현천의 뜻을 위해!"
"현천의 신이시여!"

1.

 십일월이 얼마 남지 않은 어느 날.
 악양의 선착장에 도착한 사도무영은 일전에 자신을 삼령도로 데려다 준 사공을 찾아냈다.
 "어이구, 오셨습니까?"
 "한 번 더 부탁해야겠습니다."
 사공은 사도무영 일행을 번갈아보더니 난색을 표했다.
 "모두 함께 가실 겁니까?"
 "아닙니다. 네 사람만 갈 겁니다."
 네 사람만 간다고 하자 사공의 얼굴이 펴졌다. 그의 배는 작아서 모두 타면 위험했다. 마차는 더더욱 실을 수가 없었고.

"그럼 뭐 상관없지요. 타십시오, 공자."

사도무영은 망혼진인과 조화설, 적소연을 배에 태웠다.

한데 그때, 제갈유가 머뭇거리며 나섰다.

"저기, 사도 형……."

그는 진평장의 싸움 이후 조금 달라져 있었다. 함부로 나서지도 않고, 눈빛도 많이 가라앉아 있었다.

사도무영이 바라보자 그가 머뭇거리며 말했다.

"저도 같이 가면 안 되겠습니까?"

사도무영은 제갈유의 마음을 어느 정도 눈치채고 있었기에 그와의 동행을 냉정히 거부했다.

"오래 걸리지 않을 겁니다. 여기서 다른 분과 함께 기다리세요."

"한두 사람 정도는 더 타도 될 것 같은데……."

누가 그걸 모르나? 그런데 말이야, 다른 사람은 함께 갈 수 있지만 당신은 안 돼!

사도무영은 제갈유에게 무심한 어조로 말했다.

"제 말에 따르겠다고 약속하셨지요? 그럼 약속을 지키십시오."

제갈유는 아쉬웠지만 사도무영이 승낙하지 않으면 어쩔 수 없었다.

"알겠소이다."

사도무영은 힘없이 고개를 숙이는 제갈유를 노려보았다.

'어디서 화설 누이를……!'

그는 제갈유가 조화설을 좋아하는 줄 알았다.

설마 서생 같은 제갈유가 저 말괄량이 같고 제멋대로인 적소연을 좋아할까? 그렇게 생각했다.

제갈유의 마음만 제대로 알았더라도, 나중에 골치 아픈 문제가 생기지 않았을 것을…….

잠시 후, 한척의 배가 동정호의 물살을 가르고 빠르게 나아갔다.

동산 세 개가 형제처럼 솟아 있는 섬이 보인 것은, 악양의 선착장을 떠난 지 두 시진 만이었다.

사공은 섬이 보이자 속도를 늦추었다.

"호오! 좋은데?"

망혼진인이 삼령도를 보더니 감탄을 터트렸다.

적소연과 조화설도 아주 좋아했다.

그녀들은 처음에 동정호가 바다인 줄 알았다. 그러다 단순한 호수라는 걸 알고 더욱 놀랐다. 그리고 삼령도로 가는 동안 동정호의 아름다운 경치를 침이 흐르는 줄도 모르고 구경했다.

"배를 바로 대도 되겠습니까?"

배를 몰던 사공이 말했다.

"걱정 마시고 대십시오."

사도무영은 담담히 말하고 삼령도를 바라보았다.

그때 저만치 종리곽이 보였다.

한데 오늘은 혼자 있는 것이 아니었다. 그 옆에 또 한 노인이 있었다.

"어? 풍허도인이시잖아?"

사도무영이 그 노인을 알아보고 말했다.

순간, 웃음꽃이 만발하던 망혼진인의 얼굴이 소태를 씹은 것처럼 구겨졌다.

"풍허가 여기에 있다고?"

"놀러온 모양입니다. 두 분이 친구거든요."

"망할……. 왜 나에게 말하지 않은 거냐?"

"왜요. 술 훔쳐 마신 것 때문에요?"

"그 늙은이가 다 일러바쳤군. 늙은이가 입 한 번 더럽게 싸네."

"걱정 마세요. 제가 사부님이 드신 것 열 배는 사드릴 테니까요."

하긴 돈이라면 지금 자신의 허리에 둘러진 것만 해도 삼령도 몇 개를 살 정도는 되었다.

망혼진인은 서서히 자신감이 생겼다.

까짓 거! 술값 주면 될 거 아냐! 그것도 입이 쫙 찢어질 정도로 많이!

"저, 저게 누구야? 망혼! 이 빌어먹을 늙은이! 웬수는 외나

무다리에서 만난다더니, 너 잘 만났다!"

 풍허도인이 망혼진인을 알아보고 부리나케 달려왔다.

 망혼진인은 척 뒷짐을 지고 고개를 쳐들었다.

 "이거 왜 이래? 그깟 술 얼마나 된다고! 이거면 술값 되겠지?"

 불쑥 내민 그의 손에는 호두알 반쪽만한 금덩이가 들려 있었다.

 풍허도인이 그걸 보고 코웃음 쳤다.

 "흥! 어디서 자갈을 가지고……. 내가 속을 줄 알아?"

 망혼진인은 한심하다는 표정으로 풍허를 째려보며 손에 들린 금덩이를 주물럭거렸다.

 금덩이가 넓게 펴지며 손바닥 절반만 하게 넓어졌다.

 "돌덩이가 이렇게 펴지는 거 봤어? 눈깔 있으면 봐! 이게 돌덩인지!"

 금덩이만큼 풍허의 눈도 커졌다.

 "너, 너 그거 어디서 훔쳤냐? 늙은이가 술만 훔쳐 마시는 게 아니라 도둑질까지 하는구나!"

 "도둑질? 입이 뚫렸다고 함부로 말하지 마, 이 말코야!"

 "도둑질하지 않았다면 네가 벌기라도 했단 말이냐?"

 "흥! 내 제자에게 얻었다. 왜? 부럽냐?"

 풍호도인은 슬쩍 사도무영을 돌아보았다.

 사도무영이 피식 웃으며 말했다.

"훔친 것은 아닙니다. 걱정 말고 받으십시오."
"그래? 험, 좋아, 그, 그럼 이자까지 합해서 두 개 내놔."
망혼진인은 하나 주는 것도 아까웠다. 괜히 너무 큰 것을 꺼냈다는 후회를 하는 중이었다. 그런데 풍허가 하나를 더 달라고 하자 망설이지 않을 수 없었다.
'빌어먹을 말코가 욕심은……'
하지만 금은 많고 그의 마음에 드는 사람은 세상에 몇 없었다. 다 늙은 말코가 왜 욕심을 부리는지 알 수는 없지만, 하나 더 주고 마음에 맞는 친구를 되찾을 수 있다면 손해라 할 것도 없었다.
그래도 너무 큰 것은 줄 수 없고…….
품속에 손을 넣은 망혼진인은 주섬주섬 금덩이를 하나 더 꺼냈다. 처음 것보다 조금 작은 것을 골라서.
"다 늙은 말코가 욕심은 되게 많네. 자, 받아. 대신 나중에 찾아가면 술 열 병은 내놓아야 돼!"
"술이야 뭐……."
풍허는 대충 얼버무리며 잽싸게 금덩이를 낚아채고는 고개를 갸웃거렸다.
"어? 나중 것이 조금 작은 거 같은데?"
"갖기 싫음 말고."

사도무영은 두 노인이 말다툼을 벌이는 사이 종리곽에게 다가갔다.

"그간 안녕하셨습니까, 어르신?"

종리곽이 두 노인을 째려보며 만사가 귀찮은 표정으로 물었다.

"이번엔 또 무슨 일인가?"

"부탁드릴 게 있어서 왔습니다."

"설마 저 늙은이를 여기에 남겨 놓겠다는 건 아니겠지?"

"하하하, 좋은 말동무가 늘어나면 좋지 않겠습니까?"

하는 꼴을 보니 풍허 못지않게 골치 아픈 늙은이 같다.

풍허 하나만 해도 짜증이 나는데, 말동무는 무슨!

종리곽은 손을 저으면서 고개를 홱 돌리고는 딱 부러지게 거절했다.

"나는 시끄러운 걸 아주 싫어하네. 미안하지만 절대! 안 되네."

이런 일은 끊고 맺는 게 확실해야 했다. 전에 그걸 못해서, 저 망할 풍허 같은 인간이 가끔 와서 빌붙어 사는 것 아닌가.

망혼이라는 늙은이마저 자신의 속을 긁는다면 진짜 돌아버릴지 몰랐다.

"그만 돌아가게. 지금 돌아가면 어두워지기 전에 도착할 수 있을 거야."

"비용은 제가 충분히 대겠습니다."

"비용이 문제가 아니라……."

사도무영은 종리곽의 말을 끝까지 듣지 않았다. 들어봐야 뻔했으니까.

"누이, 이리 와 보세요."

사도무영이 부르자 조화설이 다가왔다. 적소연은 그림자처럼 달라붙어서 나풀나풀 따라오고.

"제 사부님과 여기 두 사람이 남을 겁니다."

"……."

종리곽은 좀 전과 달리 입을 꾹 다물고 아무 말도 하지 않았다. 그런 종리곽을 향해 조화설이 허리를 숙였다.

"소녀는 조화설이라 합니다. 부탁드리겠습니다, 어르신."

적소연도 환하게 웃으며 종리곽을 빤히 바라보았다.

"할아버지, 저는 소연이라고 해요. 적, 소, 연."

"어? 응, 그, 그래?"

종리곽은 말을 더듬으며 허둥지둥 대답했다.

기분이 이상했다. 가슴이 뜨거워졌다.

할아버지라고? 그 말이 왜 이렇게 가슴을 적신단 말인가.

게다가 저 기품 있는 여아는 또 얼마나 예뻐?

고개를 돌린 그는 사도무영에게 확인하듯이 물었다.

"그, 그러니까……, 저 늙은이만 남는 게 아니라, 여기 두 아이도 남는단 말이냐?"

"그렇습니다. 불편하신 점이 없도록 행동할 것이니 너그럽게 받아주십시오."

"험, 뭐, 그, 그거야……."

그때 적소연이 종리곽에게 바짝 다가갔다.

"할아버지, 근데 이 섬에 할아버지만 사셨어요?"

"응? 아, 그거야 저 늙은이가 안 오면 항상 혼자였지."

"어머, 외로우셨겠네요. 저는 혼자 있으면 무서운데. 제가 제일 행복했을 때는 령주님하고 함께 잘 때……."

"소연아!"

2.

십이월이 시작되는 첫날.

강호의 일백 문파에 한 장의 검은 서신이 전해졌다.

그것은 서신이라기보다 선언이었다.

우리 구천신교의 형제들은 본교의 일파인 수라종파를 몰살시킨 자들을 절대 용서치 않을 것이다! 천하를 피로 물들이는 한이 있어도, 이 원한을 갚고야 말 것이다! 복수의 앞길을 막고 본교에 적대하는 자들 역시, 적으로 간주할 것이다!

난데없는 구천신교의 일갈에 천하가 술렁였다.

겨울의 찬바람이 뜨겁게 달구어지고, 혼란의 폭풍이 강호

전역을 휩쓸었다.

　복수를 위해 세상으로 나오겠다는 것!

　그것은 곧, 음지에 웅크린 채 천하 사마도의 배후역할만 하던 구천신교가, 마침내 정식 활동을 하겠다는 것이 아닌가 말이다.

　제일 먼저 비상이 걸린 곳은 정천맹이었다.

　그들은 구천신교가 명분으로 내세운 수라종파의 멸망을 이미 알고 있었다. 또한 그들을 멸망시킨 자들이 누군지도. 비록 반쪽에 불과했지만.

　"구천신교 놈들이 선전포고를 하다니! 이놈들이 드디어 야욕을 드러내는구려!"

　"허어! 정녕 미친놈들이 아닌가? 아무리 자파의 교도들이 죽었다 한들, 천하를 상대로 전쟁을 하겠다니……."

　"어쩐지 마령곡 놈들이 형주분타를 전면적으로 공격한다 했더니……! 이런 못된 놈들이 있나?"

　"가만있어서는 절대 안 됩니다! 놈들에게 뜨거운 맛을 보여줘야 합니다!"

　정검전에 모인 정천맹의 장로들은 일제히 분노를 터트렸다.

　그러나 그들 중 몇 사람은 걱정이 태산이었다.

　"설마 무당 본산을 공격하지는 않겠지요?"

　"그놈들이 미치지 않고서야……."

"우리 종남은 그러잖아도 천마궁 때문에 걱정인데, 이놈들까지 나서면……."

"우리 화산도 마찬가지외다."

"이럴 게 아니라 용검회에 사람을 보내서 그들의 마음을 정확히 알아봅시다. 그들이 구천신교를 쳤을 때는 뭔가 계획이 있으니 그랬을 것이 아니겠소?"

"오호단 제갈 단주가 보내온 소식이니 그에게 맡기는 게 어떻겠소?"

"좋은 생각이오. 그에게 전서구를 보내 즉시 용검회의 의향을 알아보라 합시다."

그 시각, 맹주의 집무실에서는 맹주인 청무진인과 부맹주인 남궁진명, 군사인 제갈현종이 심각한 표정으로 그에 대한 이야기를 나누고 있었다.

"맹주, 용검회에 대한 일은 어떻게 처리하실 생각이십니까?"

남궁진명이 눈살을 찌푸린 채 물었다.

"용검회가 비록 패도적인 면이 없잖아 있지만, 그동안 정천맹과 적이 되어 지낸 적은 한 번도 없었소. 그리고 이번 일만 해도 우리가 하려던 일을 그들이 했지 않소? 나는 그들을 추궁하기보다 끌어안는 게 옳다고 보오."

정천맹의 입장으로 봤을 때 그들이 잘못한 것은 없었다. 너무 심하게 손을 써서 문제가 된 것이지.

남궁진명도 그 점은 인정했다. 다만 그러한 일을 벌이고도 정천맹에 일언반구 없다는 것이 마음에 걸릴 뿐.

"하면 그들이 우리와 손을 잡고 구천신교를 상대할 거라 보십니까?"

그에 대해선 제갈현종이 대답했다.

"아직까지 아무런 말이 없는 것으로 봐서는 독자적으로 움직이려는 것 같습니다, 부맹주. 천마궁이 한중에서 발호한 상황이니, 용검회로선 아무래도 총단이 있는 장안이 더 걱정될 수밖에 없겠지요. 물론 그래도 그들과 긴밀한 연락망 정도는 만들어 둘 생각입니다만."

어차피 용검회는 정천맹과 같은 길을 가는 듯하면서도 행동방식이 달라서 쉽게 융화되지 않았다. 적처럼 지낸 적도 없지만.

같은 길을 걸어가는 길동무 정도라고나 할까?

남궁진명도 그걸 알기에 대안을 내놓았다.

"그들에 대한 확신이 없다면, 일단 정천단이라도 소집해야 안 되겠소, 군사?"

비상시 정천맹을 이루는 전 문파의 고수들을 맹주령으로 소집해서 만들어지는 단체가 정천단이다.

정천단만 제대로 소집된다면 구천신교의 발호를 크게 걱정하지 않아도 되었다. 그게 쉽지 않아서 문제지.

"으음……. 아무래도 그래야 할 것 같은데, 두어 가지 문제가 있습니다."

"문제라 하면……?"

"마도십삼파 중 구천신교를 따르는 자들이 일제히 일어날 가능성이 큽니다. 각 문파에서 주요 고수들을 빼내면 자칫 본산의 피해가 커질지도 모르는 일. 강제로 소집하면 반발이 상당할 것입니다. 그리고 저들에게 명분이 있는 만큼 당장 정천단을 소집해서 저들을 칠 수도 없고 말입니다."

"그러다 저들이 정말 대대적으로 움직이면 큰일 아니오?"

제갈현종은 바로 대답하지 않고 청무진인을 바라보았다.

청무진인은 남궁진명을 직시하고서 조용히 말했다.

"구천신교가 본격적으로 움직이면 대정천도 가만있지 않을 것이오."

남궁진명이 눈을 깜박이며 반문했다.

"대정천? 삼십 년 전에 해체되었다는 대정천이 아직까지도 존재하고 있단 말입니까?"

"굳이 비밀이랄 건 없지만, 공식적으로 알려지기 전까지는 노도에게 오늘 들은 이야기를 다른 사람에게 하지 않으셨으면 하오."

남궁진명은 제갈현종을 바라보았다.

제갈현종이 담담히 웃으며 말했다.

"저도 부맹주께서 오시기 바로 직전에 들었습니다."

그렇다면 어느 정도 이야기가 진행되었다는 말. 남궁진명은 일단 청무진인의 말을 들어보기로 했다.
"비밀을 지키라 하시면 당연히 지켜야지요."
청무진인은 천천히 눈을 감았다 떴다. 그리고 자신만 아는 이야기를 남궁진명에게 털어놓았다.
"대정천은 완전히 해체된 것이 아니었소. 소수의 최정예들로만 이루어져서 암암리에 존재해오고 있었소. 인원은 몇 십 명에 불과하지만, 그들의 힘은 구파오가 중 두어 곳을 합한 것만큼 강하다오."
몇 십 명만으로 그 정도의 힘을 발휘한다면 그 모두가 절정 이상의 경지에 오른 고수란 말이었다.
"맙소사…… 정녕 믿을 수가 없소이다. 대정천이 아직까지 존재했다니."
"어디 밀천십지 중 대정천만이 그러겠소? 그들 중 존재 여부가 확실하게 밝혀진 곳이 몇 곳이나 되오?"
남궁진명은 수긍할 수밖에 없었다.
청무진인의 말대로 밀천십지 중 현존 여부가 알려진 곳은 극히 드물었다. 구천신교와 용검회, 그리고 이제 밝혀진 대정천 정도 뿐.
어쨌든 대정천이 존재한다면 구천신교의 발호도 그리 걱정할 것이 아니었다.
"하면, 맹주께선 대정천이 본격적으로 움직일 거라 보십니까?"

"그럴 것 같소. 아니 어쩌면 이미 움직이고 있다고 봐야 할 거요. 대정천의 사람이 이미 본맹 내에서 움직이고 있으니까 말이오."

"이미 움직이고 있다 하셨습니까? 그게 누굽니까?"

"그는……."

청무진인이 막 이름을 밝히려는데 방문 밖에서 다급한 목소리가 들렸다.

"맹주님, 정첩당주 황보민입니다! 급히 보고드릴 일이 있습니다!"

"들어오시오."

방문이 열리고 중키의 중년인이 들어왔다. 마른 얼굴에 수염이 뾰족하게 자란 사십 후반의 중년인, 그가 바로 정천맹의 정보를 총괄하는 정첩당주 황보민이었다.

그는 세 사람이 앉아 있는 탁자에 이 장 거리까지 다가간 다음 포권을 취하며 허리를 숙였다.

"구천신교의 동태를 살피기 위해 보강으로 갔던 비영당 이 개 조 조원들과, 그들을 지원하던 멸마 제 칠대 대원들이 몰살에 가까운 피해를 입었다고 합니다!"

"뭐요!"

청무진인의 표정이 굳어졌다. 제갈현종이 다급히 물었다.

"피해가 얼마나 되오?"

"백이십 명 중 구십여 명이 죽임을 당하고, 살아서 돌아온 자는 이십여 명에 불과하다 합니다."

형주분타에 이어 보강에 나가 있던 전초대까지. 근 열흘 사이에 삼백에 가까운 피해를 입었다. 정천맹으로선 최근 십 년 사이에 가장 큰 피해였다.

얼굴이 바위처럼 굳어진 제갈현종이 다시 물었다.

"제갈 단주에게선 연락이 왔소?"

"오호단이 제갈세가에 머물고 있던 멸마 제 오대와 함께 남장으로 향했다고 합니다. 일단 남장에 거점을 마련한 후, 적의 동태를 살펴본 다음 움직이려는 것 같습니다."

제갈현종이 청무진인을 바라보았다.

"더 머뭇거릴 시간이 없을 것 같습니다, 맹주. 즉시 구룡단과 정검당을 파견해서 구천신교의 동진을 막아야 할 것 같습니다."

"음, 좋소. 군사는 즉시 명을 내리고, 무당에도 연락해서 최대한 협조를 해 달라 하시오."

"알겠습니다, 맹주!"

그때 황보민이 머뭇거리며 말했다.

"저기, 천마궁의 움직임도 심상치가 않습니다."

"무슨 말인가?"

"한중으로 돌아갔던 그들이 서서히 북동쪽으로 움직이고 있다는 연락이 왔습니다. 속하의 생각으로는, 그들이 이 기회에 세력을 넓히려고 하는 것이 아닌가 합니다."

한중의 북동쪽에는 장안이 있다. 그리고 장안 남쪽에는 종남산이 있다.

정천맹과 구천신교가 대치한 사이 어부지리(漁父之利)를 취하겠다는 뜻.

제갈현종은 굳은 표정으로 황보민을 바라보았다.

"황보 당주, 즉시 종남에 전서구를 보내서 적의 침입에 방비를 갖추라 하시오. 그리고 화산에도 연락해서 제자들을 종남으로 보내라 하고. 이건 맹의 군사로서 내리는 명령이오."

"예, 군사!"

제갈현종은 황보민에게 명을 내리고 청무진인을 향해 고개를 돌렸다.

"천마궁이 알려진 것만큼 강하다면, 용검회도 비상이 걸렸을 겁니다. 맹주님, 용검회에 서신을 보내는 것이 어떻겠습니까?"

청무진인은 잠시 생각하는 듯하더니 고개를 끄덕였다.

"좋소. 그 일은 군사가 알아서 하시오. 그리고 지금 즉시 장로회의를 소집하시오. 정천단 소집에 대한 이야기를 나눠봐야겠소."

3.

 천마궁에 이어 이번에는 구천신교가 장안을 뒤흔들었다.
 천마궁의 위협도 큰 파문을 일으켰지만, 구천신교의 선전포고는 아예 장안을 해일로 뒤덮어버렸다.
 누가 뭐래도, 구천신교의 위명은 천마궁에 비할 바가 아닌 것이다.
 포검산장도 그 소식을 듣고 비상이 걸렸다.
 한중의 천마궁만 해도 짐작했던 것보다 강한 것 같아 걱정인데, 구천신교까지 강호로 나온다면 더 이상 웅크리고 있을 수만은 없는 일이었다.
 순우만은 일단 비상회의를 소집하고, 순우연을 통해 용검회의 생각을 사도관에게 알렸다.
 지금으로선 사도관 일행처럼 소수의 절대강자들이 절실하게 필요한 시점인 것이다.

 구천신교의 선전포고에 대한 것은 장안표국이라 해서 모르지 않았다.
 천마궁 때문에 한중의 표행이 어려움을 겪고 있는 터. 구천신교로 인해 호북 일대에 긴장감이 감돌면 피해가 적지 않을 것이었다.
 혹시 사도관 등이 도움을 줄 수 있지 않을까?

그렇게 생각한 영호운은 즉시 영호성을 사도관에게 보냈다.

포검산장의 사자가 순우연을 찾아 장안표국에 온 것은, 사도관이 영호성에게 소식을 듣고 씩씩거릴 때였다.

"이 자식들이 미쳤나, 날이 풀린 후에 움직이면 발바닥에 곰팡이가 나나? 왜들 한겨울을 코앞에 두고 난리야?"

광효도 붉은 눈을 번뜩이며 불호를 외웠다.

"아, 미, 타, 불! 드디어 시작이군."

섭장천은 인상을 찌푸린 채 입을 꾹 닫았다.

당장은 아니겠지만, 구천신교가 남쪽으로 움직이면 전검방도 영향권에 들지 몰랐다.

그래서 고민이었다.

장안에 계속 있어야 할지, 아니면 전검방으로 돌아가야 할지 결정을 내리기가 쉽지 않았다.

더구나 그는 부인이 있는 몸이 아닌가. 강호에 대한 야망 때문에, 부인에게 이해를 구하고 전검방을 떠나왔지만 걱정이 되지 않을 수 없었다.

단학이야 사도관이 움직이는 대로 따라가는 수밖에 없고.

갑자기 방 안이 조용해졌다.

그때였다. 포검산장에서 온 사람을 만나러 간 순우연이 방으로 들어왔다.

한쪽에 조용히 앉은 그는 사도관의 표정이 조금 가라앉은 듯하자 용검회 쪽의 생각을 말했다.

선전포고(宣戰布告)

"본 회에서는 일단 비상태세를 갖추고 저들의 움직임을 본 후 대응하기로 했다고 합니다."

사도관이 심드렁한 표정으로 물었다.

"그게 다야?"

순우연이 고개를 조금 내밀고 심각한 표정으로 말했다.

"조부님께선 동방가의 무력으로 천마궁을 상대하려던 걸 잠시 보류할 생각인 것 같습니다."

"왜? 구천신교 때문에?"

"구천신교는 천마궁과 비교할 수 없는 대세력입니다. 어차피 정천맹이 도움을 요청할지 모르는 상황이니, 동방가로 하여금 천마궁을 상대하게 하는 것보다 구천신교를 상대하게 하는 게 나을 거라는 생각이지요."

"흠, 그러니까, 저들이 천마궁을 상대하던 구천신교를 상대하던 세력이 약화되는 건 마찬가지인데, 그 상대가 구천신교인 것이 더 낫겠다, 이 말이지?"

"아마 그런 생각이신 것 같습니다. 우리 힘만으로 천마궁을 막으려면 그만큼 신경 쓰이겠지만, 다행히 대협 일행이 있으니 큰 문제가 되지는 않을 거라 보는 거지요."

"그건 그렇지."

무심코 대답하던 사도관이 고개를 갸웃거렸다.

"그런데…… 왜 우리가 천마궁을 막는 일에 힘을 써야지?"

"예?"

"우리는 옥룡주 사건을 처리하려고 왔지, 천마궁을 막기 위해서 온 것이 아니거든."

"그거야……."

순우연은 난감한 표정을 지으며 말끝을 흐렸다. 사도관의 말도 잘못 된 게 없었다. 그들이 포검산장을 돕지 않는다고 해서 누가 뭐라고 할 수 있단 말인가.

한데 바로 그때, 사도관의 말투가 느닷없이 바뀌었다.

"음하하하하, 뭐 아무리 그렇다지만, 강호의 동도로서 마도의 창궐을 보고만 있을 수는 없지! 안 그런가?"

너무나 갑작스런 변화. 순우연은 잠시 말문이 막혔다.

'이 양반이 갑자기 왜 이래?'

하지만 사도관은 그에게 조금도 신경 쓰지 않고, 방문 쪽을 보면서 환한 표정으로 말했다.

"몸은 좀 어떻소, 부인? 메슥거림은 좀 덜어졌소?"

나민이 방으로 들어오며 슬며시 웃었다.

"이제 괜찮아요. 아무래도 아침에 먹은 것이 체했었나 봐요."

"다행이구려. 이리 앉으시오. 지금 섬서 강호의 안녕에 대해 이야기 하고 있었소, 하, 하, 하!"

순우연은 입을 반쯤 벌리고 사도관을 쳐다보았다.

'어쩐지 말을 갑자기 바꾸더라니…….'

하지만 다른 사람들은 그러려니 했다.

어디 그런 모습을 한두 번 봤나?

사도관은 순우연이 어이없는 표정으로 보든 말든, 부드러운 목소리로 나민에게 말했다.

"구천신교가 선전포고를 했다고 하오."

"저도 들었어요."

"아무래도 강호가 시끄러워질 것 같으니, 부인은 일이 마무리 될 때까지 이곳에서 쉬고 있으시오."

"천첩의 미약한 힘이라도 보탬이 된다면……."

"내가 좀 더 열심히 뛰어다니겠소."

"상공……."

뭔가 분위기가 묘하다.

순우연이 더 이상 보지 못하고 헛기침을 했다.

"험험, 저기……."

사도관이 스윽, 순우연을 쳐다보았다.

순우연은 흠칫하며 입을 닫았다.

'내가 뭘 잘못했나?'

그때 사도관이 말했다.

"괜찮은 친구 같아서 낙양제일미녀인 내 딸을 소개시켜 줄까 했더니, 성질이 조금 급한 편이군."

낙양제일미녀를 소개시켜 줘?

순우연이 당황한 표정으로 어물거렸다.

"저, 그게 아니라……."

"뭐가 아니란 말인가?"

"예? 예, 저기……, 어떻게 하실 것인지, 조부님께서 대협의 의견을 듣고자 하십니다."

사도관은 순우연을 빤히 쳐다보았다.

"그 말을 왜 이제야 하나?"

"대협께서……."

"또 다른 말은 없으셨나?"

"그게 답니다."

"젊은 사람이 어째……."

사도관은 혀를 찰 것 같은 표정으로 순우연을 보며 고개를 저었다. 그러고는 광효와 섭장천을 바라보았다.

"어떻게 했으면 좋겠습니까, 승 형? 장천, 자네도 좋은 의견이 있으면 말해보게."

광효가 먼저 말했다.

"우리가 한중으로 가서 천마궁의 기둥뿌리를 뽑아버리자!"

당연히 그렇게 말할 줄 알았다는 듯 사도관은 광효의 말이 끝나기도 전에 섭장천 쪽으로 고개를 돌렸다.

섭장천은 마음을 정한 상태였다. 구천신교의 제일 목표는 보나마나 정천맹이다. 당장 전검방이 위험해지지는 않을 것이었다.

어쩌면 흑문이 기회를 노리고 공격할지 모르지만, 그들의 힘으로는 전검방을 어쩔 수가 없다.

구천신교가 호남을 노린다는 소문이 들린 다음에 움직여도 될 상황.

"구천신교와 천마궁 모두 마도세력입니다. 게다가 야욕도 비슷하지요. 그렇다면 두 세력이 손을 잡지 말란 법은 없지 않겠습니까?"

"으음, 그도 그렇군."

"그럼 결국, 천마궁을 상대하는 것이 구천신교를 견제하는 것과 같은 효과를 발휘할 거라 봅니다."

"그럼 자네 의견은?"

"어차피 동방가에 죄를 물으려면, 포검산장과 함께 움직여야 할 상황입니다. 하나를 주고 하나를 얻는 것도 괜찮을 것 같습니다."

사도관은 천천히 고개를 끄덕였다.

"괜찮은 생각이야. 그런데 자넨 간단한 말을 어렵게 하는 재주가 있군."

"예?"

"그냥 '포검산장과 손잡자' 그러면 되는데 말이지."

"그, 그건 그렇죠."

그 말을 하기 위해 부언설명을 한 것 아닙니까?

섭장천은 그런 눈빛으로 사도관을 바라보았다. 하지만 사도관은 이미 순우연을 향해 고개를 돌린 후였다.

"들었지? 그대로 전하게."

"예, 알겠습니다."

순우연은 머쓱한 표정으로 대답했다. 그리고 넌지시 물어보았다.

"저기, 조금 전의 따님 이야기는……."

사도관이 씩 웃으며 말했다.

"솔직히 내 딸이어서 그런 게 아니고, 정말 예쁘다네."

성격이야 얼굴과 정반대지만.

순우연은 자신도 모르게 침을 꿀꺽 삼켰다.

"정말 따님을 저에게……."

"생각 있나? 소개시켜 줄까?"

순우연이 머리를 긁적이며 어색하게 웃었다.

사도관도 마주 웃었다.

'용검회로 시집가면 고것도 지 성질 함부로 못 부릴 거야. 흐흐흐흐…….'

제10장
첫눈이 내리던 날 밤에
찾아온 불청객

1.

　사도무영은 일행과 함께 삼령도에서 하루를 보낸 후 악양으로 나왔다.
　구름이 끼어서 그런지 바람이 더 차갑게 느껴졌다. 아니, 조화설과 잠시 떨어져 있어야 한다는 것 때문에 더 그런 것일지도 몰랐다.
　'시간 날 때마다 찾아오면 되지 뭐.'
　헤어져 있어야 한다는 게 아쉽지만, 구천신교의 눈을 피하기 위해선 어쩔 수 없었다. 그들을 무너뜨리기 전까지는 조심하는 수밖에.
　그가 구천신교를 무너뜨리려는 것은 꼭 사문의 염원, 사부와의 약속 때문만이 아니었다.

그럼 수라곡의 복수를 하고, 정의를 지키는 영웅 대협이 되기 위해서?

물론 그런 것도 어느 정도 이유는 될 수 있을 것이다.

그러나 무엇보다 큰 이유는, 그들을 막아야 자신과 조화설이 행복해질 수 있기 때문이다. 평생 구천신교의 눈을 피해 살 수는 없는 일이 아닌가!

그들로 인해 자유를 억압당하고 사느니, 그들을 무너뜨리는 길을 택하는 게 나았다.

배에서 내린 그는 곧장 장막심 등이 머물고 있는 객잔으로 갔다.

때마침 점심식사를 하기 위해서 계단을 내려오던 장막심이 사도무영을 보고 반갑게 웃었다.

"하하, 왔군."

"식사하시려고 내려오신 겁니까?"

"늦을 줄 알고 먼저 먹으려 했는데 제때 도착했군."

"잘됐군요. 식사하고 출발하죠."

담담히 말하던 사도무영의 눈에서 그 순간 이채가 반짝였다.

장막심의 뒤에 양류한이 서 있었는데, 모습이 어제와 달라져 있었다. 흐트러진 머리를 영웅건으로 묶은 것이다.

문제는 바로 그것이었다.

사도무영이 빤히 바라보자 양류한이 슬쩍 고개를 돌리며 말했다.

"싸울 때 방해가 되는 것 같아서 묶었소. 이상하게 보이오?"

"아닙니다. 보기 좋아서요."

보기 좋은 정도가 아니다. 여차하면 심각한 문제가 생길 수도 있었다.

사도무영은 조금 걱정(?)이 되었지만, 영웅건에 대해선 더 이상 가타부타 말하지 않았다.

싸움에 방해가 된다는데 머리를 풀고 다니라고 할 수는 없는 일 아닌가 말이다.

그때, 장막심이 객잔의 입구 쪽을 바라보더니 눈을 동그랗게 떴다.

"어? 만소개잖아? 몸이 다 나았나 본데?"

사도무영은 고개를 돌려 입구를 바라보았다.

만소개가 객잔 안으로 들어오고 있었다. 한데 표정이 그리 좋아 보이지 않았다.

고개를 두리번거리던 그는 사도무영 일행을 발견하고 곧장 달려왔다.

"사도 형!"

"몸은 다 나았소?"

"지금 내 몸이 문제가 아니오."

장막심이 농담하듯이 말했다.

"몸도 안 좋은데 거지가 왜 바쁘게 뛰어다녀? 거기서 더 아파 봐야 돌봐줄 사람도 없을 텐데. 어디 하늘이라도 무너졌어?"

"하늘이 무너진 것은 아니지만, 그와 비슷한 일이 지금 벌어졌소. 구천신교가 천하를 상대로 선전포고를 했으니까 말이오."

사도무영의 안색이 석상처럼 굳어졌다.

"자세히 말씀해 보시오."

만소개는 구천신교의 선전포고와 정천맹의 대응에 대해 자세히 말해주었다.

보강에서 정천맹 무사들이 백 명 가까이 죽었다는 것. 그로 인해서 제갈세가에 있던 오호단이 움직였다는 것은 충분히 놀랄만한 일이었다.

그의 말이 빠르게 이어지자, 다른 누구보다 제갈유가 가장 격한 반응을 보였다.

"그게 확실한 정보입니까?"

만소개는 제갈유를 째려보았다.

'하여간 명문대파의 사람들은 재수 없다니까.'

그도 제갈유가 제갈세가 가주의 아들이라는 건 익히 알고 있었다. 어쩌면 그래서 더 제갈유의 말이 기분 나쁜 것일지도 몰랐다.

"그럼 내가 헛소리하기 위해서, 부상당한 몸을 끌고 여기까지 달려온 줄 아슈?"

순간 제갈유는 아차 싶었지만 이것저것 가릴 마음의 여유가 없었다.

"그렇다면 그 후의 일에 대해서는 아직 들어온 정보가 없습니까?"

"있으면 당연히 말했지."

제갈유는 눈을 깜박이며 이를 지그시 악물었다.

한편, 사도무영은 만소개의 말을 듣고 잠시 동안 생각에 잠겼다.

구천신교가 세상으로 나올 거라는 건 이미 알고 있던 터였다. 한데 그 시기가 생각보다 빨랐다.

문제는, 처음 알았던 때와 달리, 지금은 그들에게 세상으로 나올 명분이 있다는 것이었다.

명분의 유무는 현 상황에서 엄청난 차이였다. 정천맹도 아마 그것 때문에 골치가 아플 것이 뻔했다.

'그들에게는 제때에 아주 좋은 명분이 생긴 셈이군.'

수라곡 사람들에게는 한이 되었지만.

사도무영은 씁쓸한 표정을 지은 채 만소개를 향해 나직히 물었다.

"벽검산장은 어떤 반응을 보이고 있소?"

"그들은 일체의 활동을 중지하고, 삼십 리까지 넓혔던 순찰망을 십 리 안으로 좁혔소."

구천신교에 명분을 제공해놓고, 자신들은 쥐굴에 처박혀 있단 말이지?

"제갈신운 대협이 남장으로 갔다고 했지요?"

"그렇소. 그곳에서 구천신교 무리들이 더 서진하지 못하도록 막을 생각인 것 같소. 문제는 구천신교의 움직임인데……. 그들이 멈추지 않는다면 한바탕 혈전을 피할 수 없을 것이오."

설마 구천신교가 정말 수라곡의 혈겁에 발끈해서 움직였을까?

꼭 그런 것만은 아니다. 그 일은 어차피 나오려고 했던 자들에게 좋은 핑계거리가 되었을 뿐.

정천맹이 본격적으로 막는다 해도, 그들은 결코 멈추지 않을 것이다.

"아무래도 그곳으로 가 봐야 할 것 같군요."

그 말에 제갈유가 반색하며 반겼다.

"그렇게 합시다, 사도 형."

장막심이 당장 달려갈 것처럼 서두르는 제갈유를 마뜩찮은 눈으로 흘겨보았다.

"어이, 아무리 급해도 배는 채우고 가자고."

2.

 사도무영이 동정호를 떠날 무렵, 신지에서 일천의 무사가 쏟아져 나왔다.
 곧장 서진한 그들은 다음 날 오후 무렵, 보강에서 서쪽으로 이백여 리 떨어진 마교진(馬橋鎭)에 도착했다.
 그리고 이틀 후, 수라곡을 제외한 칠대종파의 무사 일천오백이 더 합류했다.
 이천오백이 넘는 무사들이 거주하려면 적지 않은 시설이 있어야 했다. 하지만 그들은 거주시설에 대해선 전혀 걱정하지 않았다.
 마교진에서 이십여 리 떨어진 계곡 안쪽에 이십여 채의 건물이 지어져 있었다. 구천신교가 수년 전부터 짓기 시작해서 최근에 완성한 건물이.
 그 건물들 중 대교주 북궁마야가 머무는 곳은 한가운데 있는 커다란 이층 건물이었다.

 겨울이 본격적으로 시작되는 십이월의 어느 날 오후.
 북궁마야는 한 사람과 마주 앉았다.
 그와 많은 부분이 비슷해 보이는 서른 초반의 장한. 그는 바로 북궁마야의 아들이자 구천대업의 선봉장, 구천총령 북궁조였다.

"제갈신운이 남장에 배수진을 쳤단 말이지?"

"그렇습니다. 셋째가 쥐새끼들을 몇 처리한 것 때문에 바짝 긴장했나 봅니다."

"후후후, 그들로 우리를 막을 수 있을까?"

"어림도 없는 이야기지요."

"좌우간 잘됐군. 이 기회에 본교의 위대함을 알려줘야겠어."

"남장이 피로 뒤덮이면 놈들은 기겁해서 바짝 엎드릴 것입니다."

"글쎄. 그렇지는 않을 게야. 정천맹은 질경이만큼이나 끈질긴 자들이다. 아마 구룡단과 오호단이 무너지면 제갈세가와 무당이 본격적으로 나설 것이야. 그리고 이후 정천단이 소집되겠지."

북궁조의 입가에 차디찬 냉소가 떠올랐다.

"쉽지 않을 것입니다. 본교를 따르는 문파들이 일제히 일어나면, 사람을 보내고 싶어도 보낼 수 없을 테니까 말입니다. 그들은 정천맹보다 자파의 본산을 더 중요하게 생각하는 자들이 아닙니까?"

"아무래도 그렇겠지, 후후후후. 그건 그렇고, 천마궁에 사람은 보냈느냐?"

"보냈습니다. 그들은 본교가 손을 내밀었다는 것만으로도 감지덕지할 것입니다."

"그러한 자들이 나타나서 섬서를 혼란으로 몰아넣고 있다는 것만 봐도 하늘이 우리를 택했다는 뜻이 아니겠느냐? 기회란 있을 때 잡아야 하는 법. 추호도 망설이지 말고 계획대로 밀어붙여라."

북궁조의 각진 턱에 잔잔한 웃음이 걸렸다.

"명대로 하겠습니다, 아버님."

"서장 쪽도 내년 봄이면 움직일 것이다. 그 전까지 우리 힘을 최대한 키워놓아야 해. 그래야 줄 것이 줄어드니까."

"저도 잘 알고 있습니다. 걱정 마십시오."

"좋아, 그럼 그건 네가 알아서 하도록 하고, 조화설에 대해 들어온 소식은 없느냐?"

"현재로선 오리무중입니다. 하지만 너무 심려 마십시오. 낭중지추라 하지 않습니까? 사영처럼 뛰어난 놈은 반드시 드러날 수밖에 없습니다. 놈을 잡으면 조화설의 행방도 알 수 있을 것입니다."

"그 일은 너에게 맡길 테니, 네가 소신껏 알아서 처리하도록 해라."

"예, 아버님."

대답하는 북궁조의 입가에 잔혹한 미소가 맺혔다.

그는 북궁마야와 성격이 조금 달랐다.

'얻을 수 없다면, 차라리 없애버리는 게 속이 시원한 법이지요.'

바로 그때, 북궁마야가 혼잣말처럼 말했다.
"잘하면 악이도 그때쯤 나올 수 있을 텐데 말이야……."
순간 북궁조의 얼굴에서 웃음이 사라졌다.
'젠장. 역시 아버님은 그놈 생각뿐이군.'
하지만 그는 별반 표를 내지 않고 담담히 말했다.
"뛰어난 아이니 아버님의 기대를 분명 저버리지 않을 겁니다."

3.

사도무영은 북상하는 도중에 천마궁의 소식을 들었다.
천마궁이 장안으로 움직이는 바람에 장안 일대의 문파들은 물론이고, 종남과 화산마저 초긴장 상태라고 했다.
천마궁의 등장이 현 상태에서 정천맹에 도움이 될까, 아니면 엎친 데 덮친 격이 될까?
일반적으로 생각하면 후자일 가능성이 열 중 아홉은 되었다. 심지어 구천신교와 천마궁이 진즉부터 손을 잡고 있는 사이일지 모른다는 말까지 돌고 있는 마당이 아닌가.
그런 생각을 할만도 했다. 마도를 표방하는 세력이 비슷한 시기에 일어났으니까.
한데 사도무영은 천마궁의 이야기를 들으며 묘한 기분이 들었다.

구천신교와 천마궁은 비슷하게 보이면서도 많은 것이 달랐다. 구천신교가 모사를 꾸며 일을 진행한다면, 천마궁은 힘으로써 모든 것을 결정지었다.

그것은 근본에서 큰 차이였다. 융합될 수 없을 만큼.

설령 서로의 꿈이 일치해서 일시적으로 손을 잡는다 해도, 결코 오래가지 않을 것이었다.

'철혈신마, 누군지 정말 궁금하군. 진정 강호에 패왕이 나타난 건가?'

사도무영 일행이 의성에 도착한 것은 북상 사흘째 되던 날이었다.

사흘 동안 천 리를 넘게 달려온 터였다.

의성에 도착한 그들은 구름 낀 날씨에 어스름이 밀려들자 그곳에서 하룻밤 쉬어가기로 했다.

남장까지 이백 리, 운양장까지는 삼백 리였다. 아침 일찍 출발한다면 남장이든 운양장이든, 어디로 가든 하루면 도착할 것이었다.

사도무영을 비롯한 여섯 명의 무사가 객잔에 들어가자 사람들의 시선이 그들을 향했다.

객잔에는 대여섯 명의 여자 손님이 있었는데, 그녀들은 사도무영 일행이 들어오는 순간부터 눈을 떼지 않았다.

사도무영과 제갈유, 도담이 객점으로 들어갈 때는 여자들 사이에서 '어머!' '멋진 남자들이네.' 정도의 감탄사가 새어 나왔다.

뒤를 이어 장막심과 만소개가 들어가자 '옆으로 좀 비켜!' '저 거지새끼가!' 하며 원망하는 눈으로 노려보았다. 그리고 적도광이 들어갈 때는 '부모라도 죽었나? 왜 저리 싸늘해?' 그런 눈으로 봤는데, 여인들 중 둘은 그래도 나름 멋이 있다는 생각을 했다.

그런데 마지막으로 양류한이 들어가고, 악양을 출발할 때 영웅건으로 묶은 그의 머릿결이 바람결에 휙 뒤로 날리자, 비명에 가까운 탄성이 터져 나왔다.

"어머, 어머, 어머……!"

"저 남자 봐. 정말 끝내주게 생겼다, 얘!

"세, 세상에, 무슨 남자가……!"

남자들은 혹시 여자가 아닐까 생각하는 사람도 적잖게 있었다. 하지만 여자들은 신기하게도 단번에 양류한이 남자라는 것을 알아보았다.

양류한은 인상을 쓰며 고개 한 번 돌리지 않았다.

여자들 눈에는 그게 더 멋지게 보인 듯했다.

"어머, 무게까지!"

'저 여자들이 정말!'

들을수록 짜증이 난 양류한은 그녀들을 향해 휙 고개를 돌렸다.

순간, 까무러칠 것 같은 괴성이 터져 나왔다.

"꺄악! 봤지, 봤지, 나 봤어!"

"아냐, 나를 본 거야!"

여자들을 건달들처럼 팰 수도 없고.

'끄응, 제길!'

양류한은 속으로 앓는 소리를 내며 장막심의 옆으로 몸을 숨겼다.

지금까지 많은 객잔을 다녀봤지만 이러한 반응은 처음이었다. 바람에 날리는 머리를 고정시키기 위해 영웅건을 둘렀을 뿐이거늘.

자리를 잡고 앉은 사도무영은 고소를 금치 못했다.

머리카락이 싸우는데 방해된다며 영웅건을 두르는 걸 보고 조금 걱정하긴 했지만, 설마 이 정도일 줄이야.

'문제군. 영웅건을 풀고 다니라고 할 수도 없고……'

하지만 양류한은 아직 원인을 알지 못하고, 왜 갑자기 이상한 반응을 보이는지 이해하지 못하겠다는 듯 잔뜩 이마만 찌푸렸다.

"형님, 제가 많이 달라졌습니까?"

그럼 많이 달라졌지!

장막심은 그런 속마음과 달라 고개를 저었다.

"아니. 전과 그대로네."

"그렇죠?"

"특별히 부상을 입은 것도 없고 아픈 적도 없었는데 변할 리가 없잖아?"

사실이 그렇다. 그런데도 뭔가 이상하다.

양류한의 이마에 골이 깊어졌다. 동경에 모습을 비춰보지 않는 한 그는 자신이 영웅건 하나에 얼마나 달라 보이는지 알 수 없을 것이었다.

더구나 이전에도 여자로 착각할 만큼 잘 생겼다는 소리를 귀에 못이 박히게 듣지 않았던가.

"저 놀리시는 거 아니지요?"

"내가 뭘?"

때마침 점소이가 주문을 받으러 오는 바람에 어색한 분위기가 풀어졌다.

"공자님들, 뭘 드시겠습니까요!"

사도무영 일행이 요리를 기다리고 있던 그 시각.

한 사람이 차가운 눈으로 객잔을 노려보았다.

'분명 그놈이야!'

정보망에 저들이 걸린 것은 우연이었다.

마령곡이 정천맹 형주분타를 쳤다는 소식이 전해진 후, 벽검산장은 마령곡을 비롯해서 호북 중부에 있는 문파들을 예의주시하고 있던 중이었다.

한데 오늘 오시 무렵, 생각지도 못한 연락이 전서구를 통해 전해졌다.

사영으로 보이는 자가 일행과 함께 북상하고 있음. 숫자는 모두 일곱. 그 중에는 제갈세가 가주의 아들인 제갈유와 개방의 제자도 끼어 있음.

다른 사람을 잘못 볼 수도 있는 일이었다. 그런데 그 비룡무사는 서신 말미에, 사영이 산장에 침투했을 때 본 적이 있다면서 십중팔구는 그자인 것 같다고 했다.
순무당주인 동방인은 그 연락을 받자마자 즉시 산장을 나와 의성으로 달려왔다.
그 역시 사영이 산장에 들어왔을 때 가까이서 본 적이 있었다. 어쩌면 비룡무사보다 더 확실하게 그의 얼굴을 알아볼 수 있을 것이었다.
그는 동방효에게 보고하고, 먼저 수하 다섯 명과 함께 의성으로 왔다. 그리고 들어서는 길 세 군데를 나누어서 지키며 사영 일행이 오기를 기다렸다.
다행히 그의 기다림은 헛되지 않았다. 석양이 질 무렵 사영이 다섯 사람을 대동하고서 의성으로 들어섰다.
사영을 본 순간, 그는 확신을 가졌다. 당시 벽검산장을 충격으로 빠뜨린 자가 분명하다는 걸.

그는 모든 준비를 갖춘 채 연락을 기다리고 있을 동방효에게 전서구를 날렸다. 그리고 멀리 떨어진 곳에서 사도무영 일행의 움직임을 철저히 주시했다.
'보아하니 이곳에서 자고 갈 것 같군. 오늘은 절대 놓치지 않을 것이다, 이놈!'

사도무영은 의성으로 들어오면서부터 누군가가 자신들을 주시한다는 느낌을 받았지만 무시해버렸다.
강호 정세가 흉흉한 상황. 지나가는 삼류무사도 어느 쪽 사람인가 궁금해 하는 판이었다. 사람들의 시선에 일일이 대응하다가는 신경쇠약에 걸리기 딱 좋았다.
더구나 워낙 감이 흐릿해서, 자신들에게 목적이 있어서 주시하는 것인지, 아니면 그냥 보는 것인지 알 수가 없었다.
'우리가 목적이라면 앞에 나타나겠지.'
적이든, 같은 편이든.
그들에 대한 처리는 그때 가서 판단하면 되었다.

4.

달도 별도 없는 짙은 어둠이 세상을 내리누른다.
밤이 되면서 날씨가 갑자기 차가워지더니 바람마저 불어댄다. 이러다 눈이 내리지 않을까 싶다.

휘이이잉!

창문을 할퀴고 지나가며 흐느끼는 바람 소리가 유난히 섬뜩한 을씨년스러운 초겨울 늦은 밤.

혼자 있는 사람이라면 싱숭생숭해지기 딱 좋은 밤이다.

하지만 청룡안을 불빛에 비추어보는 사도무영은 입가에서 웃음이 떠나지 않았다.

반지의 푸른빛이 불빛에 투과되며 은은한 광채가 흐른다. 마치 청룡이 푸른 구름 속을 유영하는 듯하다.

"정말 멋진 반지란 말이야."

멋진 청룡 조각도 마음에 들었지만, 그보다 청룡안이 홍학령과 한 쌍이라는 게 몇 배 더 마음에 들었다.

대대로 전해 내려오는 반지라 했다. 설마 그런 반지를 헤어질 사람에게 주지는 않겠지? 그 말인즉······.

'우흐흐흐흐······.'

사도무영은 속으로 음흉한(?) 웃음을 흘리며 청룡안을 노려보았다.

세상만사 아무것도 걱정되지 않았다. 세상의 모든 행복을 자신이 다 취한 것만 같았다.

'화설 누이, 천하를 포기해도 누이는 포기하지 않을 거요. 절대로!'

"사도 형, 안에 있소?"

사도무영이 몽롱한 눈으로 청룡안을 바라보고 있는데 밖에서 제갈유가 불렀다.

움찔한 사도무영은 표정을 바로하고 문을 향해 말했다.

"들어오시오."

문이 열리고 제갈유가 들어왔다. 초조한 표정이었다.

"무슨 일이오?"

"아무래도 먼저 세가로 가 봐야 할 것 같소."

어느 정도 짐작한 바였다. 붙잡을 이유도 없었고, 붙잡는다고 남아 있을 상황도 아니었다. 자신이라 해도 당장 달려갔을 테니까.

"제갈 형 좋을 대로 하시오."

"미안하오, 함께 다니면서 많은 것을 배우고 싶었는데."

"미안해할 필요는 없소. 단, 우리와 지내며 들었던 이야기를 어느 누구에게도 말하지 않겠다는 약속을 해주었으면 하오."

단순한 대화중에도 비밀이랄 수 있는 이야기가 섞여 있었다. 특히 삼령도에 대한 것은 더욱 그러했다.

제갈유를 괜히 악양까지 데려갔나? 그런 생각이 들며 후회되는 터였다.

제갈유가 조화설의 비밀에 대해서 모른다지만, 세상일이란 것은 어떻게 될지 아무도 모르지 않는가 말이다.

"걱정 마시오. 그 점은 내 모든 것을 걸고 약속하겠소. 그리고 세가에 별일이 없으면 다시 합류하도록 하겠소."

제갈유는 단단히 약속하고 방을 나갔다.

사도무영은 제갈유가 나간 방문을 바라보며 입맛을 다셨다.

'쩝, 골치 아픈 일 있을 때 써먹으려고 했더니……'

머리 굴리는 일에 써먹을까 했는데, 써먹기도 전에 가 버리니 아쉬웠다. 한편으로는 조화설을 좋아하는 사람이 떠나니 시원하기도 했고.

이런저런 생각을 하던 사도무영은 자리에서 일어나 창문을 열었다.

차가운 바람이 밀려들었다.

'정말 눈이 오려고 그러나?'

그때였다. 담담한 표정으로 창밖을 바라보던 사도무영의 눈이 가늘어졌다.

'응?'

강한 기운을 지닌 자들이 다수 움직이고 있다.

기운이 움직이는 곳은 의성 외곽 쪽. 거리가 제법 되는데도 그 기운이 강하다 보니 확연하게 느껴진다.

지금은 술시를 넘어 해시가 다 된 시각. 어떤 자들이 밤중에 움직이는 것일까?

의성에 들어올 때 주시하던 자들일까?

눈을 감은 그는 자신의 기운을 완전히 개방하고 정신을 집중했다.

상황이 상황이니만큼 지금은 사소한 것도 그냥 지나칠 수 없었다. 하물며 외곽 쪽에서 느껴지는 기운은 결코 사소한 것이 아니었다.

회천선기와 현천수호령이 휘돌며 몸이 공(空)의 상태로 들어섰다.

좀 전에 느낀 기운이 좀 더 확실하게 각인되었다.

일순간, 감겼던 그의 눈이 반쯤 떠지고, 은은한 청광이 번뜩였다.

'살기!'

처음 느꼈던 것보다 더 많았다. 그리고 그중 일부가 살기를 띤 채 움직이고 있었다.

5.

"놈이 분명하더냐?"
"분명합니다, 단주."
확신에 찬 대답.
동방효의 눈에서 살광이 맴돌았다.
동방인의 연락을 받은 즉시 백룡검사와 비룡검사를 대동하고 단숨에 의성으로 달려왔다. 아직까지 놈은 객잔에서 움직이지 않은 상태.

'후후후, 건방진 놈, 어디 이번에도 빠져나가 봐라!'

날씨만큼이나 스산한 살소가 그의 입가를 스쳤다.

"아이들은?"

"놈들이 있는 객잔으로 접근하고 있습니다."

"놈은 내 아래가 아니다. 그러니 한순간의 방심도 있어서는 아니 될 것이다."

"걱정 마십시오, 모두에게 말해두었습니다. 설마 우리에게 비룡검사 이십에 백룡검사 다섯이 있는데, 놈 하나 못 잡겠습니까?"

거기에 순무당주인 자신도 있고, 단주인 동방효도 있다.

반면 적은 제갈세가의 애송이 하나가 빠졌으니 여섯. 사영이라는 자를 빼고는, 산장에 침입했을 때 도망가느라 정신없던 놈들이 아닌가. 자신 있었다.

동방효는 사촌아우의 자신감에 찬 말을 듣고 차갑게 말했다.

"자신감을 가지는 것은 좋은 일이다. 하지만 그렇다고 긴장을 늦추면 안 된다."

친동생인 동방각이 그렇게 자신했다가 실패했다. 그리고 자결했다. 물론 지금은 그때와 상황도 다르고, 사람도 다르지만.

"예, 단주. 명심하겠습니다."

동방효는 동방인의 결의에 찬 목소리를 들으며 눈을 돌렸다.

'용무단을 데려오지 못한 것이 아쉽군.'

그는 이번 일을 가주이자 형인 동방력에게 알리지 않고 처리할 생각이었다. 일전의 실수를 만회하기 위해서.

한데 용무단은 자신이 비록 단주라 해도 마음대로 움직일 수가 없었다. 가주의 허가가 떨어지기 전에는. 그들 중 열만 대동했어도 완벽하게 처리될 것이거늘.

'그래도 이 정도면 충분하겠지.'

아쉬움을 턴 그는 걸음을 떼었다.

"가자. 놈의 목을 베어서 아버님께 선물로 드릴 것이다."

이십여 줄기의 기운이 의성으로 빠르게 들어선다.

상당히 강한 기운이다.

사도무영은 한광을 번뜩이며 주먹을 천천히 움켜쥐었다.

'우리를 노리는 건가?'

자신들을 노릴 세력은 세 곳이다.

구천신교와 벽검산장, 그리고 마령곡.

하지만 구천신교는 아직 의성까지 오지 않았다. 마령곡이라 하기에는 기운이 너무 강하고.

그는 창문을 닫고 옆방의 벽을 가볍게 쳤다.

"적이 오고 있소. 다른 사람에게 알리시오."

그의 목소리는 벽을 뚫고 건너편의 적도광과 도담을 일으켰다.

곧 네 사람이 그의 방으로 몰려왔다.

들어서자마자 장막심이 눈살을 찌푸리며 물었다.

"어떤 놈들인가?"

"벽검산장 같습니다."

네 사람의 표정이 굳어졌다.

그때 뒷마당의 골방에 있던 만소개가 문을 벌컥 열고 들어왔다.

"수상한 놈들이 얼쩡거리고 있소이다."

"편히 자기는 틀린 것 같소. 일단 이곳을 벗어납시다."

객잔을 나온 사도무영 일행은 곧장 대로를 따라 북쪽으로 이동했다.

그들이 나오자, 벽검산장 무사들이 움직임을 멈췄다.

"놈들이 우리의 접근을 눈치챈 거라 보십니까?"

동방효는 동방인의 말에 살짝 고개를 끄덕였다.

상대는 강한 자다. 예상보다 빠른 반응이 아쉽긴 하지만, 어느 정도 짐작했던 일이었다.

"아이들을 우회시켜라."

6.

달도 별도 구름에 가려 더욱 어두운 밤거리.

싸늘한 날씨 때문인지 길거리에는 사람이 거의 없고, 찬바람에 낙엽만이 뒹굴었다.

사도무영은 뒤쪽에서 느껴지는 부산한 움직임을 감지하고 싸늘한 미소를 지었다.

"눈이 내리는군요."

그가 말하고 열 걸음을 걷는데 솜털처럼 하얀 눈이 드문드문 떨어졌다. 첫눈이었다.

다섯 사람 누구도 눈이 떨어지는 걸 보지 못했다. 결국 떨어지기 전에 알았다는 말.

설마 하늘에서 눈이 떨어지는 걸 감지했단 말인가?

사람들은 사도무영을 힐끔거렸다.

'도대체 어디가 끝이야?' 그런 표정으로.

어느 정도 알았다고 생각했는데, 그게 아닌 것 같았다.

휘잉!

그때 갑자기 찬바람이 불면서 바닥에 떨어진 눈이 한곳으로 쏠렸다.

사람들은 바짝 신경을 곤두세웠다.

뒤에서 강적이 다가오는 상황. 사소한 변화에도 몸이 절로 반응하고, 어깨에 내려앉은 눈이 무겁게 느껴졌다.

한데 긴장감에 걸음이 무거워질 즈음, 장막심이 어깨를 후드득 털고는 너스레를 떨었다.

"첫눈이 내리는 날에 피를 봐야 하다니. 이런 분위기 있는 날은 여자의 품속에 푹 안겨 있어야 하는데……. 빌어먹을 놈들같으느라고."

 다른 사람이 말했다면 맞장구라도 쳤을 것이다. 하지만 장막심이 그 말을 하니 어울리지 않았다.

 '아홉 살 소꿉장난 하던 때를 잊지 못해서 여자라면 거들떠도 안 보는 분이 무슨······.'

 "옛날에 그놈이 내 마누라만 뺏어가지 않았으면, 내가 왜 지금 이런 을씨년스러운 밤거리를 걸을까. 나쁜 자식, 다음에 만나면 가만 안 두겠어."

 '역시······.'

 듣다 못한 양류한이 한마디 했다.

 "이제 그만 아홉 살 때의 추억은 잊고 새로운 삶을 찾으시죠."

 도담과 적도광, 만소개는 무슨 말인지 몰라 어리둥절한 표정을 지었다.

 마누라를 뺏어갔다는데 웬 아홉 살 때의 추억?

 어쨌든 그 사이, 팽팽하던 긴장감이 볼에 달라붙은 눈처럼 스르르 녹아버리고, 모두의 몸과 마음이 가벼워졌다.

 사도무영은 묘한 눈빛으로 장막심을 바라보았다.

 긴장감을 풀어주기 위해서 그런 농담을 한 것일까, 아니면 심심해서 그냥 해본 말일까?

 전자라면 다시 볼 수밖에 없는 일이고, 후자라면 장막심다운 태평함이 뜻밖의 효과를 본 셈이다.

그때 장막심이 씩 웃으면서 투덜대듯 말했다.

"장천이 자식, 잘 지내고 있는지 모르겠네."

사도무영도 섭장천이 어떻게 지내고 있는지 궁금했다. 그 일 역시 용검회와 연관된 일이 아닌가 말이다.

'그동안 너무 무심했군. 만소개에게 알아보라고 해야겠어. 지금쯤 장안으로 간 사람들 쪽에서도 어떤 결과가 나왔을 것 같은데.'

그 사이 건물의 높이는 낮아지고, 길은 조금씩 넓어졌다. 대로의 끝자락에 거의 다 온 듯했다.

휘이잉!

바람이 다시 한 번 거칠게 불었다.

스스스스……

길거리를 하얗게 물들이던 눈이 바람결을 따라 춤을 추며 사방으로 흩어졌다.

몸이 절로 움츠러드는 스산한 광경.

사도무영 일행의 풀어졌던 긴장감이 살짝 당겨졌다.

그 순간, 사도무영의 깊은 눈에서 무심한 한광이 어둠속에서 번뜩였다.

"이제 시작인가?"

그의 나직한 목소리에 일행들이 좌우 거리를 벌렸다.

찰나였다!

길 양옆 지붕 위에서 십여 줄기 검은 인영이 솟구치더니, 바람을 타고 곧장 사도무영 일행을 향해 쇄도했다.
 동시에 커다란 검을 빼든 장막심의 목소리가 어둠을 와르르 흔들었다.
 "기다렸다, 쥐새끼들! 와라!"

⟨7권에서 계속⟩